謝六逸 全集 八

谢六逸＝＝著
刘泽海＝＝主编

贵州出版集团
贵州人民出版社

范某的犯罪

近代日本小品文选

接　吻

志贺直哉集

《范某的犯罪》

谢六逸译,上海:现代书局,1929年8月版。

《谢六逸全集》以上海现代书局1929年8月版为底本。

《近代日本小品文选》

谢六逸译著,上海:大江书铺,1929年5月版;1931年3月再版;1932年9月三版。

《谢六逸全集》以上海大江书铺1929年5月版为底本。

《接吻》

谢六逸译著,上海:大江书铺,1929年10月初版。

《谢六逸全集》以上海大江书铺1929年10月版为底本。

《志贺直哉集》

谢六逸译,上海:中华书局,1935年3月初版;1940年11月再版。

《谢六逸全集》以上海中华书局1935年3月版为底本。

目　录

范某的犯罪

- 003　范某的犯罪
- 018　一篇稿子
- 026　梅　雨
- 034　朝　诣
- 038　某殖民地发生的事变

近代日本小品文选

- 051　呵呵,蔷薇,你病了
- 061　逝了的哈代翁——访问的回忆
- 069　猫的墓
- 073　火　钵
- 077　嗅妻房的男人
- 080　女　体

082	尾生的信
085	英雄之器
088	黄粱梦
090	母　性
092	巡礼者的歌
094	雪之日
101	侏儒的话

接　吻

109	爱犬故事
128	接　吻
133	阿富的贞操
145	我也不知道

志贺直哉集

167	志贺直哉氏的作品
175	志贺氏的艺术的特色
180	荒　绢
186	一个人
265	死母与新母
275	焚　火

| 287 | 人名索引 |

范某的犯罪

范某的犯罪

志贺直哉

一个耍戏法的,名叫范某的年青中国人,在演艺的时候,用了锋利厨刀似的尖刀,切断了他妻子的颈动脉,发生了这种意外的变故。年青的妻子当场死了。范某马上被捕。

当场有班长、做助手的中国人、说开场白的人和三百多个看客,目睹这件事故。在看客席的一端,还有一个高高的坐在椅子上的警察,也看见这桩事。这事件虽是在大众的视线的中心发生的,可是这是故意的犯罪吗,或是过失上的变故,竟完全不明白。

那戏法是这样耍的:叫妇人站立在门板般大的厚木板的前面,从距离两丈左右的地方,把锋利的大的尖刀,与口中的呵喝声同时掷了出去;在妇人的身体的四围,相距不到两寸的地方,像画一个轮廓似的,接连地掷了若干把的刀,耍着这样的戏法。

裁判官向班长质问了。

"那戏法委实难耍吗?"

"不,在熟练的人,也不是怎么难耍的戏法。只是当耍这戏法的时候,必须时时有着健全而且紧张的心情才行。"

"那么,如这次的变故,是不能当作过失上的变故吗?"

"自然是这样假定——如其没有这样的极确切的假定,这种戏法是不许耍的。"

"那么,你以为这次的变故,是故意的犯罪吗?"

"不,不是这样。因为是隔着两丈多长的距离,单是利用熟练或直觉的能力去耍的戏法,要他如机械的工作似的,十分正确地做去,是不能说的。在那样的错误没有发生以前,我们想总不会有这种事发生的,这是事实。然而在此时此地实实在在发生了这变故,我们只好这样去揣测,若把这揣测拿去判断这件事,我以为是不行的。"

"究竟你以为是哪一方面呢?"

"在我终究是不明白的。"

裁判官受困了。在这里有一件杀人的事实,可是故杀或谋杀(裁判官想,如果是谋杀,这样巧妙的谋杀,是绝无仅有的)的证据全然没有。于是裁判官叫了当助手的中国人来,他是在范某还不曾加入这个班子的时候就追随着范某的,对他发问。

"平素的行为是怎么样的?"

"平素是规矩的男子,赌钱、嫖女人、喝酒他都不干的。并且从去年起信奉耶稣教,英语也很会说,一有了闲空,就用心读着传教集呢。"

"妇人平素的行为怎样?"

"她也规矩的。流浪着耍戏法的人,决不是什么品行优良之辈,这是你老人家知道的。拐了人家的妻子逃走,这种人常有的。范某的妻子是一个玲珑美貌的女人,好像也时常受过别人的诱惑,可是她决不肯和这种人搭讪的。"

"他们二人的性情怎么样?"

"二人对于别人都极温和亲切,对于他人的克己心也强,决没有发怒的事。可是(说到这里,助手的话中断了,他稍微沉吟一下,又继续说道),说出这事,对于范某怕有不利,然而不得不正直地说出。最奇怪的,他们对于别人,是那样的柔和亲切,克己心也强的人,可是讲到他们两人间的关系,不知什么原故,是激烈的反目的。"

"为什么原故呢?"

"不明白。"

"你在早认识他们的时候就是这样的吗?"

"不,大约两年前,妇人生产了,婴儿是早产,生下来不过三天就死了。从那时起,二人渐渐地失和,这是我们大家晓得的。他们时常因为极无聊的问题,猛烈地吵嘴。每当这种时候,范某立即变了青白的脸色。可是每次结局总是他自己沉默了事,对于妻子,决不肯加以横暴。因为他的信仰不许他如此。只是一看他的脸色,却有难于压伏的怒气,凄然地显露出来。我有时对他说,既然不睦,倒是不必永远同居下去的好。但是范某回答说:'在妻的方面,虽有要求离婚的理由,在我这方面,是没有要求离婚的理由的。'范某无论到如何的境地,常是随自己的任性做去,不听别人的劝解,他无论怎样不能够爱他的妻子,因此不为他所爱的妻子渐渐也就不爱他了,这是当然的,这些话他也对我说过。他读福音书和传教集的动机,就是因为这个原故,他想借此柔和自己的心,想把嫌恶没有可以憎恶的理由的妻子之心——横暴的心改善一下。他的妻实在是一个可怜的女子。嫁了范某以后,大约有三年间,随着他东飘西荡地做卖艺者。她的故乡的兄,是个放荡的人,家庭被他败光了。假如与范某分离,一旦回转家乡,可是她已经在外飘荡了四年,没有人肯相信她,和她结婚。虽是不睦,除了跟着范某之外,是没有法子的了。"

"究竟你对于这次变故,有什么意见没有呢?"

"你是指这事是因为错误或是故意做出来的吗?"

"不错。"

"我自从此事发生后,就从各方面推想,可是越推想就越不能够明白了。"

"为什么呢?"

"为什么却不知道。事实完全是这样的。恐怕无论哪一个也是如此吧。我问过那说开场白的人,他也说是不明白。"

"那么,在发生变故的瞬间,你想着什么呢?"

"想着的。'杀了呀'这样想着的。"

"是吗?"

"据说那说开场白的人,他在那时想着'糟了'的。"

"是吗?——他是因为不大明白二人平时的关系,所以单纯地这样想吧。"

"也许是如此。后来我想,那时我的心里说'杀了呀',是因为很知道他二人平时的关系,所以才这样单纯地想,也未可知的。"

"那时范某的样子怎么样?"

"范某'呀'地叫了一声,当时我也就注意,只见女人的头上,有血沁然流出。可是在那一瞬间,她是仍旧站着的,后来便曲了膝,身体去靠着木板上插着的刀,那刀落了,她的身体像崩的一样,也就向前倒了。那时无论谁何都忙无所措,只是呆呆地瞧着罢了。所以确切的情况,我说不出,因为当那种时候,我没有注意范某的样子的余裕,不过我想范某在那几秒钟的时候,他也和我们一样吧。后来我才在心里揣想着:'终于杀了吗?'这时范某的脸色灰白,闭着眼睛站着不动。闭幕之后,把妇人抱起一看,已经死了。范某从兴奋里现出了可怖的脸色,他曾说:'为什么干了这样的错误呢?'于是他就跪在那里,做了许久的祷告。"

"没有狼狈的样子吗?"

"有一点狼狈的样子。"

"得了。如要问话,我再叫你。"

裁判官叫当助手的中国人退下,最后叫人把范某带来。范某的脸色灰白,是一个聪敏的男子。一眼看去,是患着强烈的神经衰弱的人,这在裁判官也是知道的。范某就席后,裁判官就说:"刚才已经问过班长和助手了,现在轮到问你。"范某点头无语。

"直到现在,你一点也不爱你的妻子吗?"

"从结婚那天起,到生产婴儿时,我是从心里爱着妻子的。"

"为什么和妻子不和呢?"

"因为我知道妻所生的孩子,不是我养的。"

"你知道那个男子吗?"

"我是想像着的,那人是妻的表兄。"

"是你认识的人吗?"

"是亲密的朋友,我们的结婚,是由他开说的,是他劝我结婚的。"

"你的妻子和他发生关系,是在没有嫁给你之前吗?"

"自然是的。婴孩是到我家里来的第八个月产生的。"

"你的助手说是早产的,对吗?"

"是的,是我告诉他的。"

"说孩子不久就死了,真的吗?"

"死了。"

"为什么死了的?"

"因为被乳房压着窒息死了的。"

"是否妻子故意这样做的?"

"她自己说是过失。"

裁判官问到这里,闭住了口,凝然望着范某的脸。范某仍旧抬着头,只是眼光向下,等待着以后的询问。裁判官又发问了。

"你的妻把他们的关系对你说起过吗?"

"没有说过,我也不想问她。婴孩的死,我以为是一切的报偿。我想我自己应该竭力地宽恕。"

"但是结局不是没有宽恕吗?"

"是的。仅是婴孩死了,觉得不够报偿的感情,还残留着的。当妻不在身旁,只有一个人沉思时,比较地能够宽恕。可是妻出现在眼前,做着什么的时候,只要一见她的身体,便忽然感着不能抑压的不快了。"

"你没有想到离婚吗?"

"常常是这样想着的,但是没有说出口。"

"为什么呢?"

"因为我软弱的原故。妻曾说过,如果我和她离婚,她就不能够过活的。"

"你的妻爱你不爱呢?"

"不爱。"

"既然不爱,为什么她说出那样的话呢?"

"原因之一,就是她要想过活下去,她的娘家已被她的兄败光了。她知道没有一个诚实的男子肯收留做过卖艺人的妻子的。如果要做工,脚是小脚,是不行的。"

"你们在肉体上的关系怎么样?"

"如同普通的夫妇,没有什么差异。"

"妻对于你,别无什么同情吗?"

"同情是说不到的。——同栖的事,在妻是以为非常苦痛的。可是忍着那苦痛,勉强熬住的情形,在男子是难想得到的。妻对于我的生活渐渐地崩坏,她单只用残酷的眼睛瞧着罢了。我想救我自己——我想走进我自己的真正的生活,因而烦躁苦闷,她对于我的烦躁苦闷,却以漠不相关的淡然的心情,冷然地在旁边观望着。"

"你为什么不取积极的、毅然决然的态度呢?"

"因为我想到各方面的事。"

"各方面的事是什么呢?"

"我想要使我的行为没有过错。但是思量的结果,依然没有得着什么解决。"

"你没有想到要杀掉你的妻子吗?"

范某没有回答。裁判官又反复地问这句话,可是范某没有马上回答。隔一会才答道:

"以前我曾想到她死了倒好。"

"既是这样,如果法律许可的话,也许你要杀掉妻子吧?"

"我并不是怕法律,只是因为我软弱。我虽软弱,想过真正的生活的欲望倒很强的。"

"后来你想到杀掉你的妻子不曾呢?"

"没有决定心意,但是想过的。"

"这是在发生变故以前若干时候的事呢?"

"是前一夜,或者在天亮的时候。"

"在发生变故之前,吵过嘴吗?"

"吵过嘴的。"

"为什么事呢?"

"是不值一说的无聊的事。"

"唉,不肯说出来吗?"

"——是食物的事。肚皮饿了时,我便发脾气。因为妻备饭迟了,所以我发气。"

"你发怒比较平时要厉害些吗?"

"不是的,可是直到后来还是兴奋着,这是平时所无的。因为我这一会没有得到真正的生活,正在不能忍耐的焦急着的原故。待我倒在床上,无论如何都睡不着觉,脑里浮着各种各样的兴奋的念头。我觉得我之所以左顾右盼,无所成就,想做的事不能够决然地得到,又不能够把所最嫌怨的事除掉,这样的踌躇不进的生活,全是因我与妻的关系发生出来的。在我的未来,看不着一点光明。在我自己,要求光明的欲望正燃烧着。我想要燃烧到不能燃烧的时候,但是使我不能燃烧的,就是因为我和妻子的关系。可是这火还没有完全消减,微烬还在丑陋地燃着。这样的不愉快和苦闷,现在使我将要中毒了。到了中毒时,也许我已经死了。我成了活着的死人了。我虽然站在这个地步,我还忍耐着努力着。而且在别一方面,又想到给我死了倒好,反复着这样不洁的讨厌的念头。可是既然这样,为什么不把她杀掉了呢。杀掉的结果怎样,并不成为目前的问题。也许是要去坐监牢的,然而坐监牢的生活,较之目前的生活要高出若干,是不可知的。到了那时,再说那时的话。在那时发生了事,在那时随便怎样破灭了也是好的。也许要破灭,要破灭,终竟破灭不掉。可是假设破灭到死亡的地步,那便是我的真正的生活了。——我把妻子睡在我身旁的事几于忘怀了。我渐渐地感着疲倦了。虽是疲劳,却并非睡眠性质的疲劳,只是觉得恍惚。到了紧张着的心情摇动了时,想要杀人的念头的影子,也就随着迷茫起来了。我的心里,觉得好像被噩梦所袭以后的那样岑寂。在别一方面,觉得费了一个夜晚,这样细细地思忖,我不禁为我的软弱的心身悲悯了。——后来终于天亮了。回想起来,那晚上妻也好像没有睡着。"

"起床以后,你们二人同平时没有什么两样吗?"

"我们彼此没有说话。"

"你为什么不想躲开你的妻子呢?"

"你以为我所希望的结果,是和你说的相同的吗?"

"正是。"

"在我是完全不同的。"

范某这样说过,看着裁判官的脸,静默不语。裁判官现出和悦的脸色,向他微微点头示意。

"——可是这样的思考与实际去杀掉的中间,还有一条深沟存着的。那一天从早上起,我是兴奋着。从身体的疲劳来的没有弹力的神经的尖锐,我也感觉到。我因为心慌意乱,不能安静住在家里,从早上我就出外,在没有人的地方徘徊散步。我反复想着结局要怎样做才好,可是如前晚那样想杀掉的念头已经销蚀了。对于那天所玩的戏法,我并不觉得有什么担忧,如果我稍稍有一点杀人的念头,我就不会去选那套戏法来耍的。因为我们会耍的戏法,还有好几样。那天晚上,轮到我们出台的时候,我还没有想起要杀人。我像平时一样,把刀的锋利给客人看,拿纸来切,或是将刀竖插在舞台上。隔了一会,妻子浓妆艳抹地穿着美丽的中国服出来了,她的样子和平时一点没有两样。她显出娇媚的笑容向看客交代,就去直立在厚木板的前面。我呢,手中提着尖刀,站在一定的距离,对妻直立着。从前晚起,只有这时,我们两人的眼睛才互相正视。这时我才渐渐觉得选这套戏法来耍是危险的事了。我心里想,若不竭力拿出紧张的心情来耍,就有危险。我竭力镇压我今天发生的兴奋与软弱而尖锐的神经。可是疲劳已深入心底,无论如何去镇静它,都不可能了。从这时起,我自觉有点不相信我的手腕了。我稍稍闭着眼睛试去安静我的心。既而觉得我的身体战栗了。时候到了。于是我先向她的头上掷了一把刀,那刀和平时一样,插在距头上一寸的地方。后来妻又举起两手,和肩齐平,我向她的腋下,又掷了一把刀。那刀离开我的手指的时候,我觉得有点什么东西黏着似的不爽利,我觉得那把刀应该向什么地方掷去,连我也不明白了。每掷出一把刀,心里总想着'幸亏无事',我想竭力地镇静,可是我觉得手腕上反而有一种由意识而来的不自由。我又在她的颈的左侧掷了一把刀,后来要向右侧掷出一把的时候,妻忽然现出了惊异的表情,好像她感着了激烈恐怖似的。大约是她预感着那把刀要飞来插在她的颈子上吧。究竟是否如此,我是不知道的。这时我只觉得那恐怖激烈的表情,在我的心里,也以相同的强度,起了反射。我觉得要晕眩了。但是我仍旧凭着这时的力量,仿佛是黑暗遮着眼睛似的,我没有认定目标,把手中的刀掷了出去……"

裁判官听了默然不语。

"我想终于杀了她了。"

"这是怎样的?有故意干的意味吗?"

"是的,起了故意干的意念,却无意地干了的。"

"听说后来你跪在死尸的旁边默祷呢。"

"这是我那时忽然想出来的狡猾的手段。我知道大家都老实地相信我是信奉耶稣教的,所以我假装祈祷,其实我在那里思量我在当场应该取的态度。"

"你想你所干出来的事,无论怎样,都是故意吗?"

"是的,并且我马上想到这事可以使别人看做过失地杀人。"

"但是,究竟有什么东西使你设想这件事是故杀呢?"

"是我的失了平衡的心。"

"并且你曾想到巧妙地去欺瞒众人吗?"

"我后来想起时惊惶起来了。我竭力做出自然的惊惧的样子,稍带着狼狈,又含着悲哀。如果有一个感觉敏锐的人在那里,自然他一定会觉察我的造作似的形态的。在后来回想起那时我自己的样子,流了冷汗。——那一天晚上,我决心无论怎样要使我无罪。第一,这次的凶行,没有一种客观的证据,这使我很觉得放心。自然大家都知道我们二人平时是不和睦的,所以疑为故杀,我是没有法想的。可是我无论怎样都固执着说是过失,也是可能的。平常的不睦,虽被大家所推察,然而未必有什么可以作证据的。结果我想自己将因为证据不充分的原故而无罪。因此我静然地把这桩变故放在心里反复推敲,想尽力量所及,自然地认定此事为过失,在胸里暗地准备好了在辩解时要说的话。正当这个时候,又发生了一个疑问,就是为什么我要把此事认为自己的故杀呢?难道我在那天的前一夜,想要杀掉,于是自己就决定把这事当作故杀的理由吗？我想着时,我也渐渐地不明白起来了。我忽然兴奋起来,是不能够静止般地兴奋起来了。我情不自禁地愉快了,我觉得要大声喊出什么似的。"

"你是说你自己把这事认为过失吗？"

"不,还没有想到这一点,因为我自己完全不明白是故意杀害或是过失。总之,我已经说尽了老实话,我想这样可以无罪。现在的我,只是想得到无罪,这就够了。因为要达到这个目的,我想如其自欺,固执说是过失,倒不如说自己不明白是哪一方面,我自己居于诚实的地位比较强得多了。我决不能断定说是过失,反之,我也决不能够说是故意杀害。我想无论到什么地步,我的自白的事,已经说尽了。"范某静默了。裁判官也沉默了一会,才独语似的说道："大概总没有扯谎吧。"又道：

"那么,你对于你妻子的死,一点也不悲恸吗？"

"完全没有。我以前无论怎样痛恨她,我也没有想到我会这样用快活的心情来诉说她的死。"

"得了,你退下去吧。"裁判官这样说。范某低着头走出室外去了。

裁判官觉得有莫名的兴奋涌现在自己的身上。

他即刻拿起了笔,当场写了"无罪"。

附　记

　　《范某的犯罪》见志贺氏创作集《夜的光》，又在改造社一圆本《现代日本文学全集》第二十五卷《志贺直哉集》内也收有这一篇。作者的意旨在于描写耍戏法的范某，在演艺时杀了妻子的心理的经过。原文是志贺氏的短篇著作中博人称赏的一篇。

　　文艺批评家宫岛新三郎论志贺氏的艺术的特色说道："志贺氏的作品，恰如深秋的清澄的夜空光辉着的星一样，具有截然和他物区别的鲜明与独特性。无论在志贺氏的作品的哪一页，都盖上了他的有特色的印鉴，那印鉴好像有形，其实是无形的。只要是他努力写成的作品，那无形的印鉴就了然地传达出志贺氏本人。无论怎样把性质相同的作品排列起来，只有他的作品能够一种一种地显明地保持着个别的姿态。如《大津顺吉》与《和解》二作，取材上虽有某点相似，然而是独立的宏壮的作品。《大津顺吉》一篇，是非写成《大津顺吉》不行的作品；《和解》一篇，是非写成《和解》不行的作品。又如《正义派》与《事变》两篇，虽是取了相同的材料，可是作者所供给于读者的东西，完全是各别的，都是各自独立的。《正义派》一篇须当作《正义派》去读，《事变》一篇须当作《事变》去读，然后才能够深刻地了解志贺氏。虽是从相同的一个心产生出来的作品，但是无论你对于哪一篇作品，若不用相同的注意去读，便也不能够了解真正的志贺氏。志贺氏的作品中，具有这样的独特性与鲜明。

　　"志贺氏的作品，就是他的心的镜子，正如感光板微妙地映写外界光线的阴影一样,那作品鲜明地写出了志贺氏的心。在日本的文坛里,可以称为 Psychologist 的作家虽然不少,可是如像他那样明白地写出他的心的微妙的阴影的作家,是不多的吧。我们知道志贺氏被人家评为 Realist,他们却没有看见他的 Psychologist 的方面,觉得奇怪。他在简单的心理的说明与细微事件的描写里面,巧妙地去写那心理的微动……在捉住微妙的心理时,不可缺少锐利的观察力与直觉力,幸而志贺氏都受了观察力与直觉力的恩惠。他的观察力与直觉力能够敏活地运用,善于捉住人类心理的要害……"

借了宫岛氏的这一段说明,阅者当能了解《范某的犯罪》原文的优点了。关于这篇作品,志贺氏也自记着:"《范某的犯罪》是把中国人的卖艺者写成小说的,是我想起如果一个人杀了别人时,不明白是过失或是故意,所以写的。"我再添上一点蛇足,就是关于范某的杀人,在裁判官是没有得到故杀的客观的证据,在范某本人也不明白是故杀或是过失。志贺氏意旨不过在描写范某的心的过程罢了。

一篇稿子

加藤武雄

一

S氏今年是三十八岁,而且是"左"倾派的评论家。

S氏很肥胖,在横阔的身体上穿着西服,戴着便帽蹒跚着走路的姿态,恰是一个"无忧无虑的爷爷"。

"无忧无虑的爷爷"的S氏,今天从郊外的家里,坐了电车,到银座去。一只手拿着手杖,一只手放在衣袋里。衣袋里藏着二三十页的一篇稿子。在衣袋里,S氏的手紧紧地捏着那稿子。那是很重要的稿,是满三十八岁的评论家S氏写成的第一篇小说稿。而且是因为急需的原故,要将它卖掉的小说稿。

这二三十页的小说,S氏费了一个月的工夫。

若是作评论,虽是千言万语也会立地写成的S氏,对于这第一篇的小说,是很费了点事的。小说真是不好作。S氏也许抛下笔几次,这样叹息。然而,还有一件困难,若把写小说的困难和它比较,写小说也就算不得什么困难了。这"还有的一件困难"——就是他的妻子。他动笔写好三四页时,妻子就读了那稿子。读时妻的脸色变青,手也颤抖着。脸一变青,手一颤抖,就把那篇稿子嘶嘶地扯破,投进字纸笼里去了。因此之故,S氏就不能不瞒着他的妻写这篇稿子了。他或是假装读书的样子写,或是假装写信的样子写,或是假装做评论的样子写。到了写好这二三十页,其劳苦也就非同小可了。而且这苦劳,一直继续到如今。S氏要使写好的稿子不让妻子的眼睛瞧见,他未出门的时候,就把它挟在壁上挂着的画镜后面,或是藏在书箱的背后;外出的时候,常是藏在西服的衣袋里。所以S氏的原稿染上了煤灰、尘埃、汗垢,纸边也卷了,不成个样子。

说到妻子为什么恨这篇小说,这并没有别的,就是稿上写着的,是S氏自己的最近的恋爱事件。为什么S氏犯着那样的劳苦孜孜地写成这二三十页稿子呢?这也不外是因为同一的理由。像迷途的小鸟似的,翩然向S氏的胸怀飞进了一位美貌的女郎,她使得三十八岁的S氏的胸里,酿成了甜蜜、可恼的初恋的热情。这情绪在S氏的横阔的胸里是难于包藏的,所以S氏被一种要求所驱使,那要求就是非对谁某把它说出来不可,非把它申诉一番不可。恋爱使人成诗人,S氏所作的小说,就是S氏的诗了。

S氏的恋爱事件。这事件的经纬,S氏的小说已经详尽地写出了。我在这里把S氏的小说的内容说出来,对于还没有卖出的他的小说是无礼的,但若全然一点也不讲,那么,我的小说又不成其为小说了。

所以，呃，只好大略讲一讲。S氏认识她，是在某讲演会的晚上。S氏本来是一位女性尊重论者。那晚的讲演，S氏便力主他的论调，很受了女性听众的喝采。讲演完毕，在回转到郊外的家里去的电车上。

"S先生！"突然被人这么一叫，便惊异地回头，只见一个穿着西服的年青貌美的女郎，活泼泼地用她的有光的两只大眼睛，大胆地笑嘻嘻地瞟着他。"S先生！你今晚的演说真好呢！我完全赞成你的话。"

"呀！"这样说时，S氏变了小孩，红着脸，那细小的眼睛在强度的近视眼镜下面晶然地瞬了一瞬——

"我想到府上拜访，可以吗？"

"好，请来。"

这样说过后，那晚的翌日，A子真的来访，这事连S氏也是匪夷所思的。A子像是在十年前就认识似的那样亲热的，然而有点含羞的态度，使他受了不少的窘。可是因为和年青貌美的女子接触，他觉得迢遥的过去的青春，在那荒凉的胸际又复苏了。

"S先生，以后我到××社来看你。"A子觉察到自己常常来访，被S氏的夫人用冷淡怀疑的眼睛来看她，她就这样说了。而且以后她就到与S氏有关系的京桥那边的杂志社来访他了。S氏等A子来访时，又常常和她在银座大街上散步。虽说已是二十岁，可是身材短小、看去不过十七八岁的A子，同着年龄号称三十八岁、不修边幅的S氏在一起，在别人的眼里，二人好像叔侄，不然，也许就像父子。可是在那样散着步的S氏的心脏，恰如初恋的中学生似的跳跃着。

"究竟——"S氏有一次羞怯怯地红着脸,对A子这样说。"你是因为有什么兴趣,这样地来看我呢?"

"是呀,"A子捶着S氏肥胖的身体,盯着他的脸说,"S先生!你是因为有什么兴趣,这样地同我散步呢?"

"那是——"S氏有一点狼狈,"——因为困倦了啰。"

"我也是因为困倦呢。"说时,A子笑了,既而变了真诚的调子说道,"我不知道什么原故欢喜你这样的人呢,虽是不明白什么原故——"

"你这样一说,我也要这样说的,我也欢喜你呢。"S氏非这样说不可了。——她是很 Coquet 的呢,像这样的人,就是叫做新时代——近代的女性(Modern girl)的吧。不能随随便便去应付的心情,当进行着的时候,不知不觉,便在S氏的胸里凝结了。

可是A子是有了配偶的,她已和那人结过婚了。

"虽是结婚,我对于你的意念,一点也没有变更的。"A子这样说,而且依然时常来访,一起散步,后来到了她非同丈夫到仙台去赴任不可的时候来了。A子到了仙台以后,时常有信寄来。S氏也常发信给她。相对着不便说的各种的话,都写在那信里了。我是爱着她呢,或是爱过了她呢?S氏把写好的信放在面前,这样地自语。A子!A子!如今成了人妻的A子,在自己已是不可缺少的存在了吗?想着时,S氏不能不深深地叹了一口气。

——以上虽是平淡的记述,可是S氏的恋爱故事的轮廓,总算具备了。去年岁暮,S氏被福岛的讲演会请去时,因为到仙台去会A

子,在那里大约住了三天——那三日间的故事,成了 S 氏的主要部分。

如果来时,请打电报通知,一定来迎接的——果如那边所说,A 子到车站来迎接了。因为感冒卧床的 A 子,形容虽然有点憔悴,倒反而叫人看去点凄艳之感。A 子那一天在 S 氏的旅舍里玩到很晚才回去。第二天本是约好了的,但却一天都没有瞧见她的踪影。到了第三天,说有点发热,勉强熬着来访的 A 子,说了——

"外子说过了,那叫 S 的人好生奇怪,把卧病的别人家的妻子拉了出去——如果病重,看护病人,我是不管账的。"这些话快活似的笑着。S 氏却有不能和 A 子一起笑的心意了。

那天,差不多整整的一天,S 氏和 A 子在旅馆的一间屋里度过了。两人对坐着,围着火笼,把绣花的棉被盖在身上,正在说着各种各样的琐絮的话时,忽然 S 氏想起"机不可失"!他被这放纵的意念所袭,他便悄悄地握起 A 子的雪白的手来把玩。这时 A 子把她水汪汪的美丽的瞳仁张得大大的,向上翻着看他。在口角有媚惑的微笑,像小波似的摇动着。——可是 S 氏胆子依然小,除了把手缩回之外,是无术可想的——

大概这样的故事,已经写进现在 S 氏的衣袋内的小说里面了。在仙台的三天内——S 氏三十八岁的生涯最甜蜜而恼人的三天内,S 氏想把那三天,再沁沁地反复一次而作了那篇小说。

S 氏如今非卖小说不可了——其实 S 氏在最近的半年之间,当作本业的评论一点也没有写。恋爱已经把评论从 S 氏夺去了。在不作评论的 S 氏,可以出卖的东西,除了这篇小说而外就没有了。

二

S 氏因为要卖那篇小说,连这一天计算在内已经有了四天,继续从郊外的家,走到有新闻社和杂志社的商业区域去。——然而 S 氏还没有卖出。S 氏的文稿的买主,是很有几家的。只消一说给我买了吧,就得买了的买主,要多少有多少,可是 S 氏却没有决然地把稿子放在编辑者的桌子上的勇气。

"我写好了一篇稿子了。"S 氏把左手放在衣袋里,探着稿子,这样地说。

"哦!那是久候着的了。"

"肯买吗?"

"好!"

"可是稍微长一点呢,有三十页左右。"

"三十页!——不错,是长的,也许稍微长了一点,可是看稿子的内容,就长点也不妨。但是,究竟这么长的稿子,是想讨论什么呢?"

"不,不是讨论什么。是那,是——"S 氏的童颜泛了红,吃吃地说,"不是论文啊。"

"不是论文?那么,是什么呢?写那么长,是想写什么东西呢?"

"不,什么也没有,是无聊的东西。呃,我再斟酌斟酌吧,再修改一下才发表。"

"是吗?谨慎得到地呢。"编辑者用奇异的眼睛看着进退两难的

S氏的模样。

S氏如此这般,把拿出去的稿子,又深深地放在衣袋里了。

S氏抱着败北之感,走出了杂志社。走出了杂志社,自家愤慨自家的优柔。——可是一想到那篇稿子被编辑读过,用铅字排好,被大众去读,S氏依然畏怯地觉得脸上发烧。这篇稿子,是仍旧要藏在衣袋底的秘密。还是当作一桩秘密,悄悄地藏在自己一个人的胸里的好。

虽说是秘密,然而S氏的恋爱事件,到了现在,也不能说没有人知道。S氏伴着年青貌美的女子散步的姿态,屡次为S氏的熟朋友们看见。"哦呀!果然不错!""干的好事!"他们都这样讲着。他们好像把S氏的恋爱事件,当作一张Caricature看。——所以他们如果读了S氏这篇小说,他们非觉得出乎意料不可的。他们如果知道了三十八岁的评论家S氏,怀抱着这样真实的恋爱的烦恼,他们将要说些什么呢?一想到这点,S氏无论怎样都没有把小说拿出衣袋外的勇气了。

可是,究竟为什么心里起了这样的意念呢?S氏为一种热情所苦,这热情对于他自己无论如何是无益而且是与年龄不称的,一面他又在心里这样默忖着。我倒来恋爱——而且她倒来恋爱这样的我——。

究竟她真的爱着我吗?也许不过是一种的Coquetry吗?

——不,没有这种事,她是真心爱着我的,这是一点不会有错的。

S氏踟蹰着,这样地自问自答。

"三月的下旬,一定要请来呢,我欢欣地等待着。任随外子说什么,我对于那些一点也不觉得什么,——一定的,一定要请来呢。"说这话的 A 子的脸,浮在他的眼前。S 氏恋爱着 A 子,是无术可以忍耐的了。

已是三月的中旬了。为什么还没有来呢?——两三天前接着 A 子来信,写着这几句。S 氏一纵身立起来,觉得那东北都会的天空,是很可恋爱的。

然而 S 氏现在是一钱莫名了。除了卖这篇小说稿是没有法子的。——如果稿子卖出,S 氏就把稿费的一半送给妻子,一半当作零用,打算到仙台去。

S 氏一心想到附近的杂志社去试试看,他踏着轻尘飞扬的道路,来到那所建筑物的前面,依然没有决心推开门进去的勇气。

这时在 S 氏的耳里,忽然为 A 子的声音惊醒了。A 子前次和他相会时,用媚眼仰视着他的脸,说了下面的话:

"S 先生!你真没有勇气呀!因为你没有勇气,所以不行,我真觉得焦急呢。"

梅　雨[①]

近松秋江

　　通例雨总是可厌的,反面却是富于诗趣而多风情。尤其可数的,是春雨之艳。此外如骤雨、蒙雨、冬雨、秋霖,都各有情趣,就中,五月的梅雨,要算雨的百态中,有深刻味的了。

　　映在诗人艺术家眼里事物,可以化为一切的事物,成为他们的诗题,在日本文学中,俳句有善于诗化事物的自由与多方面的趣味。

　　我想到五月梅雨的可厌,思量如何过这梅雨期间的时候,对于人力莫可如何的自然之袭击,只有消极地思念着一脉的画趣与诗趣,常去和那些悉将森罗万象诗化的俳人的自然观相亲。

　　吟咏五月梅雨的名句很不少,提起芭蕉的——

　　　　五月梅雨降残了的光堂。

[①]译文发表于《文学》(原名《文学旬刊》),1924年第123期时,名为"五月雨的诗趣"。

则对于自然、历史,在悲伤的绝念之中,有无限的诗趣。又玩味——

　　早集五月梅雨的最上川。

之句,那浩荡的江河,在五月梅雨的浊水中,杂着水蒿,滔滔流去的壮观,如浮眼底。《七部集》中有句云——

　　白鹭,不染青色,立在五月梅雨里。

　　这句极有趣,当五月梅雨每天绵绵不断,池水旁边的荷叶,青绿浓茂。这样的颜色,融在水里面流动,岸侧站着觅食的白鹭,似乎应该被染青了,但却没有染着,是可异的。

　　野坡有"五月梅雨中握着小鲋的孩子"的陋句,想到这句,我的联想,自然返到幼时去了。乡间麦熟的时候,接着开始养田,五月梅雨连下了好几天,将近断水的小川里,有水草杂流。田圃的小沟里,也淙淙地流满了水。这样的时候,很大的鲋鱼,忽然迷途,游到水田边畦道的水塘里来,到水退后,便泼泼地跳跃。见着了就捉在手里,那时的快乐,是不会忘记的。

　　我的故乡的乡村近旁,有一条小河流过。每当五月梅雨,或是初秋"二百十日"落秋雨的时候,就时时涨大水,近年因为保护山林,防备周到的原故,已经不常有洪水了。当我幼年的时节,一年必涨两三次大水。川并不大,不过是溪河渐次变成的,但是涨起水来倒很快,如果激烈地降了大雨,一夜之中,就翻过河岸,泛滥田野。伤害人畜的事,在距今之四十年前,也曾有过。

这条川涨水是夏日的一件有兴致的事,我是不会忘记的。雨继续落了几天,就必定听着"川的下流大概涨水了"的话,于是冒着大雨,撑着伞去看。只见一向水涸的川里黄浊色的大水,涨过两岸,打着旋涡。轰轰地发出响声流过的样子,除了悲凉壮伟之外,是无话可说的。阔幅,也许有四五十间的广吧。对岸是特殊部落,架着粗糙的板桥,见着有涨水的忧患,就急忙将桥板撤了,放在岸上。此外还有两三座桥架着,除非是制造坚固,有永久力的,便屡濒于危险了。木材和大棵的树子,从上流流下,特殊部落的顽健的男子,卷起了染污成了灰色的裤子,拿着有钩的长竿,钩取流下的木材。立在河岸上,看见从上流那方,似白马奔腾般的涌起波浪的流水中,有很大的树根,或沉或浮地流来。这回流来的是什么呢?"流来的定是大的。"说时,看着那方,又有各样的东西流下来了。

可是到了雨止天晴,水蒿忽然减少。说到流域,不过是到水源还不足三四里的一条川,所以涨也涨得快,退也退得快。如果雨还不止,两岸的竹丛、人家、藁家、树林,尽为蒙蒙的烟雨罩着,锁了天地,令人担心村庄不会被水冲去吗?

这是我幼时,故乡当五月梅雨的时候,每年必要遇见的记忆。到了今天,还时时想起那个时节。每想着这五月梅雨的洪水一次,但是偶然返乡,也遇不着这样的机缘。

五月梅雨的诗趣既然是水,临水的地方,诗趣更是充满着的。桃邻有句曰：

　　梅雨的颜色呀！淀川，大和川。

　　这虽不能说是格外好的句子，但能使人想起水乡的五月梅雨的颜色。山城与摄津间的淀八幡附近，就是一个水乡。我时常乘着京阪电车，经过那一带地方。

　　在京都的近郊，要看新绿，好的地方很多。如宇治、岚峡、石山等是。新绿不单是在晴天好看，就是雨天也好看。上述的几处地方，虽是在五月的月黑里看萤虫著名的地方，但我在那平田渺渺的南山城的水乡，感觉到五月雨的诗趣。在那里，木津川从平野的东南流下来到淀与八幡，合流入宇治川内。京洛的加茂川和洛西的桂川，在伏见的西方会合，来到淀，再注入宇治川。这四条河水停淀着浸入附近的低地，便成了巨掠池。附近地方若是雨落得久一点，田与川水就成了一片，水里浸着畦草。在河岸边的青蒿比人还高。在淀一带地方，现在还残留着淀君的旧城址。我从电车的窗里，看见高高的石垣上，有老松苍翠的荫翳。荒废的城濠里，有水莲和莲花浮着。每逢梅雨蒙蒙四降，我经过那里，从电车窗里瞧见，我觉得有莫名的哀悲。

　　在八幡地方，木津川与宇治川合流，在上流的处所架着长板桥。木津川是一条川底多石沙的清澄的河。关于水的形式，我喜欢川水。一切的川水我都喜欢，可是木津川要算我所最喜欢的一条河流。乘在电车上经过那里，看着架在木津长江上的板桥，我就想去渡过那板桥。后来恰当降梅雨时节,我去访住在八幡的朋友,到了晚上,正值梅雨初霁弦月上升,忽然起了兴致,我便走到久欲渡过的木津川的堤旁,从板桥上渡过对岸。在今日,吉野川上的渡桥——从前的所谓"柳渡",已经架着 Concrete 的桥梁,京都市里的各地是不用说的,连有南画趣味的月濑的梅溪也架着西式的 Concrete 的桥梁。在这样的时代,木津川的桥依然是昔日的板桥,是可喜的。——事实上也许不可喜,但从风雅上说起来,委实可喜。我和友人仰观晴空的月亮,临着雪白的月光照耀着的长江,在板桥上徘徊四顾。阴历的五月,虽为霖雨所苦,但不如七月八月暑热之甚,也不觉得如像四月的开花节季的寒冷。梅雨晴时,便思慕浓绿树荫,或是在月夜的屋外逍遥,身体也觉得很畅适。

五月梅雨的季节,不用说是沉闷忧郁的,然而在忧郁里又有深刻的画趣。

东京的郊外"武藏野"一带富于野趣的地方,不劣于京都近郊的新绿。五月梅雨时绿树的颜色是很美的,到多摩川的沿岸去看固然好,到荒川那边去看也不错。或者到流过市川旁的江户川去眺望"鸿之台"的森林也好。即使一时不能够到那地方去,在像东京市这种多树木的都会,虽然住在都会里,要悦乐浓绿的美,并没有什么不便。如小石川的植物园以北、本乡的帝国大学境内,上野的森林,目白台,杂司谷,音羽的获国寺,从牛込到户冢附近,从四谷到赤坂离宫的森林,宫城附近的森林,从麻布到爱宕,芝山内的树林,从三田到高轮的高台等等地方,到了新绿的季节,东京的大半,几乎埋在新绿里面。

新绿为煌煌的五月阳光照映,美真的是美,到了新绿的颜色稍稍变老,增了浓绿的颜色时,便是梅雨淅淅沥沥降落的时候了。

某五月梅雨的午后,空中像又要继续落雨了。从牛込那边走到小石川的关口大泷去。只见目白台到杂司谷的丘陵上,浓绿的树叶翁然繁茂。那些树林的顶上,有抹着淡墨似的晚云下垂,早稻田的田园里,闻青蛙呼雨的声音。好像即刻就要落下雨来的沛然的天空,时时可以得见。那样的天空与浓绿的森林,绘画似的配合。到了五月梅雨的季节,是各地都可得见的景色。从不忍池畔眺望池那方的上野的森林时,可以看见树顶有黑云附着。从小石川的久坚町一带眺望植物园的森林时,如接触一幅水墨的风景画。赤坂溜池附近的住民,总可看见低垂其离宫森林顶上的凄其的黑云吧。那样的天空的颜色,与森林配合时,森林的颜色,较之浴着蔚蓝的晴日的太阳光线,看去更鲜朗地浮在淡墨色的天空的表面。我对于那时的沉闷与烦恼的水墨画的光景,感着兴致。有这样的天空的颜色出现时,应该是有燕子嘻嘻地飞舞空中,最近在东京差不多没有看见燕子的影子。孩子时在乡间见燕子很多,这时在乡间大约燕子也减少了吧。

我忆起燕子来了。云雀和燕子,从早春到晚春,直到五月梅雨时,我想它们是这一个季节的表象。以前我暂居乡间的时候,当朝寝时,云雀不问晴雨,在高高的空中唱歌,我贪着睡不起来,希奇地听它唱。然而我以为即使在田舍,云雀也很减少了。是距今十年前的事,在到大和"法隆寺"去的田圃道上,我见燕子以腹贴地似的低低地飞过人力车行过的路上,我忽然想起了芜村的俳句。

大和路的殿上,藁屋上,都有燕子呀。

这样的句子是很能表现的,燕子的影子,在东京近郊,差不多看不见了,在大和路上,如今还如芜村的句子所说的那样吗,或是怎样了?

去年的春天,我停止了长时间的宿屋生活,组织了聊以安身的家宅。我悦乐小小的庭园的空地,植了一点树木以为乐。偶然在青菜店的店头,买了瓜苗,种在垣下当阳的地方。从那天黄昏时起便听着在新开的田园里呼雨的蛙声,梅雨落时,瓜苗就茁然长出,以后在雨晴时的闪闪的日光下,两根瓜苗,渐渐地成长了。梅雨对于人体是可厌可恼的,可是草木则浴着梅雨的恩惠而成长。在梅雨的节季,果物成熟的很多。如枇杷、草莓、樱桃等,最能使人联想到梅雨的季节。没有长出的瓜实长了出来,也是在这时节。草莓虽然好像有毒,可是樱桃的味道却可爱。

近年来新开的郊外,这时起已经有了蚊子,家家在五月梅雨放晴时,就把去年的蚊帐取出来曝晒。蚊帐虽是可恼,但在开始用它的时候,不觉令人想起了梅雨的季节。

试想梅雨时的衣服,又有一种兴味。近来穿洋服的人渐渐多了,虽为可厌的霖雨所凌,也颇适宜。如把哔叽等外国毛织来做和服,穿上外套,或雨衣,虽没有什么不便,但是穿在里面的和服,依然是怕雨的。虽是怕雨,就日本固有的趣味说来,梅雨时所穿的衣服里,也有趣的。五月梅雨通常正当阳历的六月,六月与九月是穿单衣的季节,和七月八月不同,虽觉得有点热,却还用不着穿罗衣。这时穿的是普通的单衣,若是妇女,也以穿"单衣"为普通,近来常见穿"大岛"(衣料的一种——译者)做的单衣。男子可穿的材料有各种各样的,以"结城绸""萨摩缟"为普通有趣。近年有一种叫"结城绉"的、价值很高的织物,男女都穿它,可是"结城绉"反不如"结城绸"的轻快可喜。只是价钱贵,说不上有轻松的趣味。并且穿着"结城绉"做成的冬衣,也觉得很粗俗的。"结城绉"作单衣好,因为它是不贴肉。就穿它的人的肥瘦与容貌的区别上说,还是穿普通的"结城绸"或"萨摩缟"比较适体。此外的高贵的衣料或衣服,含有潮润的东西,当作单衣,不仅穿在身上不舒服,在梅雨时穿,衣料的质地太软弱,是不好的。反之,如"结城绸"的爽脆。"萨摩缟"的适于男子穿着,朴素而有雅趣,是很可爱的。这些材料也不限于是做单衣穿的,本来是质地粗的,做了冬衣在冬日穿,有点沉重,但是做成单衣在六月九月薄暑时或梅雨秋霖时着,是最适当材料。此外如哔叽等是耐雨的,很适用,不必说,但是缺乏如"结城绸""萨摩缟"的趣味,又将如何?梅雨虽是可厌,但想到是穿这些衣服最宜的季节,那么,梅雨也未必是可厌的了。

[注1]五月梅雨是指阴历五月间的梅雨。
[注2]"二百十日"是立春后第二百十日。是日农家忌有大风雨。
[注3]"俳句"是每首十七音的短歌,借简短的字句,传达悠远的情绪。作者引用在本文中的俳句作者,都是日本有名的俳句作家。

朝　诣

葛西善藏

　　我又熬夜了，不熬夜是不行的。K社的H氏来宿在镇上的旅馆里，他说明天早上六点钟的头班火车要拿了稿子回去。从昨夜起降着的雪，今天早上已经积了六七寸了。在这样的雪里，H氏的胡子凝着冰珠，额上出着汗，清晨就老早地赶了来，我的稿子却一张也没有写好，H氏坚约午后四时来取，说到逗子去转一转，他便走了。他去后我又写了一两张废稿，便无论怎样都写不下去，到了三点钟，只得放下了工作。我把孩子玩的空气枪拿了出来，走下寺院的石阶——我在这寺里分租着屋子，在建长寺的境内踟蹰着。在近佛殿旁的不多高的松树上，我见有两只蒿雀迅急地从这枝跳到那枝上，啾啾地叫着。我瞄准了一只，扳了枪机，那鸟便干脆地落到雪地上。少许的红血，染在雪上。这也是被"小说的恶魔"所诅咒的不幸的小鸟了。我手里提着这鸟，正走着路，在我住宿的寺院的石阶上的杉林里，又听着了鹎鸟的啼声，我便登上石阶。不料忽然向下一看，见穿着外氅的H氏用快步走来了。我愕然止住了脚，结局不免和刚才那难于逃出恶运的小鸟一般了。这一次我又想对他说请原谅,可是见了H氏的真挚的脸貌,这种话无论如何都说不出口。

"已经做好了吗?"

"还没有……实在对不起,今天晚上再熬夜,到了明天早上一定交你带去,不再误事……"

"哪里的话……如果不误,我今夜仍到镇上的旅馆投宿,明天早上取了稿件,坐头班火车回去……因为我空着两手是不能回社的。"

"真是惶恐了,就请这么办吧……"在我这方面,是没有什么理由可以望他原谅的,我反省着我懒然拿出空气枪来玩的不是。

这一周间,我每天都接了X社派来的使者和电报。今晚是第三次的熬夜了。岁暮在东京染了来的感冒还没有好,胸脊的神经痛又来照顾了。总之,冬日这季节,于我是不相宜的。头脑与身体,完全是入了冬眠状态,是近于下等动物的人吧,我真的这样感觉着的,心情与神经,委实不能够工作了。

在年关逼迫着的二十六日,为了年中行事的岁暮的用费,我向睽违数月的东京出发了。岁暮的东京,正以繁盛的势况活动着。我像从坟墓里出来的迷途的亡魂一样,我想总要张罗得四百块钱才好,钱虽是张罗到手,可是在张罗时就锵锵地落出了。在除夕的最末一次火车回来时,我的怀里只剩下一百五十块钱了。虽然身分不配,我也想仿效都会人士的活动,从二十六日起的五天之内,无昼无夜,我乘了街车(Taxi),在东交市里纵横地遨游,即使这是地狱之火的车,我觉得这也有趣。如克洛伊洛夫(俄国寓言作家——译者加注)的枭鸟乘着瞎眼驴子的气概,我也——呀,本乡!呀,青山!呀,芝区!牛込!银座!浅草!吉原!(以上均东京的有名区域——译者加注)我的枭鸟也无昼无夜地驱驰着。在最后的三十一日的午前三时的这时刻,我驱车到吉原(这是东京的公娼的区域——译者加注),在大建筑的三楼上,叫了妓女来陪我喝酒,直喝到午后三时。后来再驱着街车,忽东忽西,在暗云里,驰骤于洪水般的街巷,直到东京驿车站开出最后一班火车的时刻为止。坐在街车上的最后的一点半钟,我混杂在那如浓雾映掩的溪流里的小鲇鱼似的无数的摩托车、人力车、脚踏车、电车之间,我一面感着朦胧,车子昂然地驰着。小石川!日本桥!新桥!……如枭鸟的我,不断地接连叫着。可是街车并不是瞎眼的驴子。它违反我的期待,并不和别的东西冲突,也不牵引我到地狱里去……

十时,十一时,落了雨了。茅屋顶的雨滴的声音,缥缈的时时鸣着的岩上的树木,雪块崩落的声音——山寺的空虚的,天花板高的屋子的寒冷,浸透了肌肤。我在"烘炉"上铺好了稿纸,想写一点岁暮的事情,借以塞责,可是无论怎样都写不出。只是自耻我自家的愚蠢的行为。如其要依赖这样愚蠢的感兴,倒不如在生存着的时候,做了墓场的人好些了。我在写不出东西,或是思考什么的时候,有一种怪癖,就是摩擦手掌和手指,至于出了汗垢,这几天手掌变成红色,辣辣地痛起来了。今晚上火钵里和"烘笼"上的卧被上已经有了污垢,到了三点四点的时刻,在稿纸上竟绞不出一个字的"记录的污垢"来。四点钟时我毅然地放下了笔。一月十六日——是我三十六岁的诞日。我披了外氅,撑着雨伞,走出降着雨雪的黑暗的外面去了。借了雪光,走下高的石级。在僧院的路旁,犬也没有吠声;经过睡静了的茶店前,便拾级登上寺院的几层曲折的陡斜的石级。雨和雪融解了的水,在石级上成了小流了。到了登上最后最陡的石级时,我目眩了,身上出了汗。慢慢地立在神殿的前面,镇压着激烈的心悸,做了礼拜。在那里我眺望着四周的暗淡的情景,觉得和我今年的诞生日的朝晨是很适应的,任雨击着衣裾,我立在这蒙蒙的天空与山谷之前,有好一会。

附　记

　　葛西善藏(1887—1928)生于日本青森县弦前市,曾肄业东洋大学,以写阴郁暗淡的人生著名,《不良儿》《浮浪》《父之出乡》《雪女》《恶梦》《埋葬》《椎树的嫩叶》《湖畔手记》《弱者》《小牺牲者》等作,多为他的穷苦颠连的实生活的记录,颇得好评。氏好酒,有"醉狸庵"的绰号,故身多病,去年殁于东京,瞑目前尚饮酒不止。死后他的好友广津和郎、谷崎精二及《新潮》记者中村武罗夫曾为文悼其人,散见东京《读卖新闻》文艺栏,正宗白鸟氏也在去年的《中央公论》上作《志贺直哉与葛西善藏》一文,讲到他的作品。氏生前有创作集数种刊行,亡后改造社搜集遗作,刊《葛西善藏全集》三卷公世云。

1929 年 1 月 12 日记

某殖民地发生的事变

麻生久

读者诸君,我现在想要介绍的,是我前年旅行某热带殖民地时遇着的一件兴味颇深的事实。事件虽是单纯的一出悲喜剧,可是怎样地把今日的殖民地生活如实地说出来了呵。

在这里,我要把场所与人名暂时隐藏,因为这样,可以省掉麻烦。

是某一个夏天的事,我被人家请去辩护发生在那地方的一桩骚扰事件,便旅行热带地方的某殖民地去了。第一要说的,那桩骚扰事件,是怎样的非在殖民地不能发生的事啊。原来这件事是某制糖公司与农夫间所起的耕作上的争斗,是即使不出来也可以了结的警察官们却跳了出来拔了佩剑,因而制造成功的骚扰事件。争议的原因是震动一时的,这也是非殖民地不会有的。在这个地方,农夫们在自家的地上种了甘蔗,卖给公司,以谋生活。公司等他们所种的甘蔗在土里成熟时,也不管它有多少数目,也不定一个价钱,就任意割取,拿进公司去,横蛮地把甘蔗制成砂糖,然后才慢吞吞对农夫说,你们的甘蔗有多少,给你们多少钱。这话全不能使人相信是真实的,然而是说诳一般的真实的话。

既而农人们自觉这实在不能忍受,便提出了愚蠢似的、当然的要求,说公司割去的甘蔗有多少,价钱该值多少,理应在没有做成砂糖以前决算才是。这样一来,就嚷说农人们恶化了,忽然公司与警察都骚动起来,转瞬之间,就把骚扰事件扩大,忽然就把三十几个关了一年半的未决监了。这岂不是除了殖民地所无的耕作上的纷争吗?

公判的时候,一个被告,向裁判长质问道:

"在本国的习惯,从古以来,做买卖的时候,卖者与买者之间,先要把货物的数量计算清楚,定了价格后,再交付或收受货物。如今我们向公司要求照这样实行,公司不肯,警察反说我们的思想恶化了,那么,请问在日本内地做生意买卖的是依照什么习惯做呢?亲切的裁判长阁下,请你把日本的习惯指教我们!"

不愧是一个裁判长阁下,对于这个质问,一言也不能发,在苦笑之中,糊里糊涂,就完结了这一场悲喜剧了。

读者诸君,这是怎样的殖民地似的裁判长!这里也有太阳辉煌地照着呢!

然而我想要介绍的事件的主题,还不是这一件,我的话要说入本题了。

这是在旅行中的事,我办完了公判的案件,由那地方的人引导,到各处去演讲去游览。那一天,他们领我到T市去游览,因为过于疲倦了,就在公园里的陡坡上的树荫下面,暂时休息纳凉。

不一会,一个十二三岁的男小孩背着物件走下陡坡来。那男孩是那地方的土人,背着的物件看去很重,蹒跚地走路。既而从坡上有一戴着"便帽"(鸟打帽)、穿着日本服约有四十岁的日本人骑着脚踏车下来,在间不容发的时候,去撞在那背着物件的男孩的身后,那男孩就被撞倒,滚翻在地上,那"便帽"也滚了一滚。可是"便帽"马上就翻身起来,睨视着物件翻倒一边、倒在地上哭泣的男孩骂道:

"混蛋,当心些!"

这样的话应该由哪一方面说出来呢?他似乎不晓得,就怒吼着说了。一面跳上脚踏车想要溜走。

再看那男孩,他好像很不平,仍旧坐在地上,从泣声中用清朗的日本话激烈地叫道:

"要你才该当心呢,你从后面来撞翻我,快些谢罪!"

听了这话,"便帽"便旋然地回过身来——

"什么?再说一遍看看,你这土人算得什么。"

他睨视着,把一点凶狠的颜色给那男孩看。孰知那男孩一听着"土人",更增加了他的不平,用比较前次更激烈的顽强的声音叫道:

"从后面来撞翻别人,快些谢罪!"

这回那"便帽"似乎更激怒了。

"你这放肆的土小孩!"

骂着时,就在刚只爬起来的男孩的脸上,打了一耳巴。

我从先前就看着这光景,不觉恼了我的情性,事已至此,我就不能默然了。

"好刁顽的东西!"

我不觉立起身来,就同也为此事奋昂而立起身来的领路者 K 君走向那方去了。

可是在我们走到那边去之前,不知何时出现的,我们没有觉察,又有一个戴"便帽"穿日本服的日本人出现了。他莽然地走进男孩与脚踏车之间,叫道:

"休得野蛮!"

于是我们再回到旁观者的地位,站在稍稍离开一点的地方,暂时看个明白。这两个"便帽"忽然一变而为互相睨视的姿态了。后来的一个"便帽"又接着说道:

"快些谢罪!你不是从后面来撞翻了人家吗?"

此时那骑脚踏车的"便帽",大概是嫌麻烦吧,忽然就想跳上脚踏车。可是没有使他如愿,那后来的"便帽"抓着他的手腕,拉他朝着这一面——

"快点谢罪!是你的不是!"

两个人再沉默起来,暂时又成为互相睨视的姿态。睨视稍久,骑脚踏车的"便帽",又一声不响地想要骑上脚踏车了。

于是后来的"便帽"捉住他的手腕,拉他朝我们这一面,说道:

"快点谢罪!是你不好!"

这样一来,天气已经险恶了,大雨大风就要来了。骑脚踏车的"便帽"果然大怒,叫道:

"从旁边跑出来管什么闲事,谢罪不谢罪关你鸟事,不要开口!"

"谢罪!是你不好!"

对手依然顽强地冷静着。

事件到了此时,双方已经到了拼命的时候了。

骑脚踏车的从后来的"便帽"的手里离开时,就倒在地上了。他翻身起来高举着手去打那"便帽",却不知什么原故,在这间不容发的当儿,那打人的反被猛烈地打倒,正打在腰上,几乎要叫"哎哟"了。

"是你不好,快些谢罪!"

打人的依然冷静着,被打的似乎打在腰上,不容易爬得起来。可是更显出不平的样子,屁股冲一冲地上,勃然叫道:

"你是什么东西,你不认识我吗?"

"没有报名的必要,是你不好,快些谢罪,你的名字我可不知道。"

依然冷静,一边好容易爬了起来,可是已尝试了对手的手法一次,不便再去打了。

这回从怀中取出钱包来,摸出一张名片,脸上现出"这回你总害怕吧"的表情,将名片塞在对手的面前威风凛凛地吼道:

"到署里来,有事要问你。"

对手接过了名片——

"好!"

简单明了的回答。二人用奇异的表情走去了,完全是奇异的表情。骑脚踏车的在表面上是很傲慢的,其实正像被身上的大疮捉弄似的,有点儿害怕。

我们也不觉跟着他们,仆仆地走去了。

走下陡坡,来到街上,到了邮政局的前面,那后来的"便帽"悄然地走进局里去。

"喂,到哪里去?"

骑脚踏车的怒吼了,可是那"便帽"不理睬,迅急地走进局内,摸出一张名片来给局里的办事人看了,用低声打了不知到何处去的电话。骑脚踏车的"便帽"先发已经吃亏了,现在呆然不敢出手,对于这一个"便帽"莫可如何,只得在局门外看守着。出得局外,二人又以奇异的姿态走去了。来到了警察局的前面。"脚踏车"以为来到这地方,已经不怕什么了,高声怒吼道:

"滚进去!"

又激烈地叫道:

"喂,警察,这是犯人,绑了他!"

真好像把猛兽赶进槛内的样子,署内的警察们,呆然看着这情景,大家直立着,暂时无所措手。于是又响雷了。

"干什么! 无礼的东西!"

这回从"便帽"(即将被缚者)的口里迸裂出霹雳般的怒声了。他的态度,是怎样的俨然而不可犯呀。

警察们都呆住了。

"为什么不动手! 还不快绑吗?"

一个年青而勇敢的警察扑上前去了。可是扑上去的警察,在一刹那间,又被击倒了。

奇特的惊愕与愤激、紧张、杀气,支配这场所。

我们屏息着,立在警察署门口,看这不常遇见的有趣的全武行。

一个警察被他轻轻地打倒,于是全武行更显出活气来了。

"干吗,敢抵抗吗?"

别的一个警察又扑上去了。

然而这一个又失败了,在顷刻间又被打倒。

"这东西是精通拳术(柔道)的。"

不错,是很像精通拳术的名人。看他是早已防备,将壁作为后盾,摆打架势,有挨近身来的,就给打倒。署长(骑脚踏车的"便帽",就是署长)眼见部下警察的力已竭,不克尽职,就大怒叫道:

"混蛋,踌躇什么,快些绑起来!"

到了这时,已经到了绝顶了。在署内,大家以一个"便帽"做中心,化为一大格斗的休罗场。这一次的全武行,真是非"名角"不办的了。

结果渐渐大家把"便帽"逼迫了,到了非以石级为后盾,作最后的奋斗不可,已是危急的时候。

可是转瞬间,在无意中,展开了可惊的、霹雳似的光景,局面为之大变。

这时我们悄然地看着署内的活剧,不料在我们的后面,有暴风雨似的音响袭来,我们吃了一惊,回头去看,这不是可惊的吗?不知什么时候,现出了十来个骑马的宪兵,在警察署的前面勒住了马,这才一齐跳了下来。

"哦呀"这样的惊骇的时间都没有了,那十个宪兵雄赳赳地撞进署里了。在撞进去的瞬间,表演全武行直到现在的署内,因为有这不速之客,就现出了不可名状的奇异的情景了。

活剧遽尔中止,大家都回顾外面,在回顾的当儿,静悄悄的,一切像死一般的静止。

十个宪兵,直立在石级上,对着"便帽"一齐行了举手礼。

为狐所凭的话,是常听人说的,实际就是指这种事吧。拼命到现在的警察,只是呆然地矗立着不动,茫然无所措手了。这时连戴"便帽"的"脚踏车"署长,也失了魄似的,爽然不动了。

"把这人绑了,带回去!"

立在石级上的"便帽",对着行举手礼的宪兵,用奋昂的口调,严重地下了命令。

于是被绑的人颠倒过了,十个宪兵,轻易地将"便帽"署长绑好。警察们见了这不可解的光景,只有呆然地看着罢了。

骑马的宪兵拉绑好的"便帽"去骑上马,飘然地离开警察署去了。后边的一个"便帽"也骑上一匹马,意气扬扬地和他们一起走。

像为狐狸所迷的警察们,茫然地目送他们走了。不久才苏醒转来,便由上至下都忙乱起来。

可是我们想已经是应该退却的时候了,便离开了警察署的门前。

我离开那里,胸中拍拍地跳跃着,我问引导的 K 君道:

"那'便帽'是什么人? 可了不得呢。"

"哈哈哈哈,那是宪兵呢。"K 君笑着回答我。我也问道:

"原来是宪兵吗? 然而他帮助了那小孩,倒也是好的。"

K 君听了这话,又换了声音大笑,答道:

"哈哈哈,了不得呢,可是那宪兵是否真心帮助那小孩,还不可知呢。"

"这是什么意思呢?"

我不知其中的情由,又去问他。

"因为宪兵和警察的感情不好,那个宪兵知道'脚踏车'是署长吧。"

"这又是什么意思呢?"

"兵队们在战争的时候,只要肯拼命就行,平时是用不着的,因此警察很骄傲,引起警察们发脾气。"

"果然,那么,宪兵并不是有意帮助小孩的啊。"

"哈哈哈,可不是。"

"果然,果然。"

我不意我所料定的与事实不符,我在K君的面前,唯有惊异叹息罢了。

读者诸君,这是殖民地生活的一断片,是一插话(Episode),有趣的事还多得很,有机会时再谈吧。

附 记

著者麻生久君以1891年(明治二十四年)5月24日生于日本大久县玖珠郡东饭田村,现业辩护士(律师)。于大正六年(1917)毕业[于]东京帝国大学法科后,任东京《日日新闻》记者,至大正八年

(1919)五月。同年六月入友爱会,担任出版部长、干事等职。大正九年(1920)创立全日本矿夫总联合会,遂任此会顾问及日本劳动总同盟政事部部长。他的著作很多,最著者有《劳动运动者的独语》《游泳于浊流中》《将生长的群》《黎明》《横贯人生者》《无产政党的理论与实际》。他最同情于下层阶级,常以他的"辩护士的舌"去帮助那些无告者;所作文字,也富于情趣。

近代日本小品文选

呵呵，蔷薇，你病了

佐藤春夫

那天的翌日——雨月之夜的后日，是许久未见着的晴朗的天气。天与地好像今朝苏生似的。森罗万象，在久雨之间，不觉已化为深秋了。在稻穗上闪耀的日光、微风、天空和一线纤丝似的浮在空中的云，这些全和夏天不同了。在他看来，一切都是透明的，正和各种颜色玻璃镶成的风景一样。他以身体的全部感觉着这些。他呼了深呼吸，新冷的空气贯进了他的胸部，任是什么饮料也没有这样甘甜。这天早上，他的妻子，不像每天一样地把犬系着了，这并不是无理的，倒是正常的处置……在远远的田圃的那边，可以看见弗拉德和勒俄两匹狗跳来跳去。年青的农人，正摩着勒俄的头。温顺的勒俄欢天喜地地任凭他抚弄——为太阳所惠的原野、狗，还有踢着身子作工的农人，他恍惚地眺望着这些，有好一会，太阳已经高了。他想，要看这些景色，为什么不早点醒来呢！

走下板廊去洗脸时，经过庭里，看见昨夜黑犬衔去的竹片，横在荻花的根下，他不禁苦笑了。可是宁说是快乐的笑。

在水井旁，有麻雀飞下来，啄食遗在地上的米，他想这米是妻有意多遗一点在地上的。在这里有很多的麻雀，为他从来所未看见的，足有三四十只群集着。被他的跫音所惊，麻雀一齐飞起来，逃到那边的树枝上去了。在柿枝上面，和麻雀一起的，有不知名的白头的小鸟。从那家人家的屋前上升的朝烟，透过白光，像紫色的绢似的围绕着树枝。被雨打着了的，没有开花的蔷薇，今朝已遍处开花了。蜘蛛的网，承着反射日光的露水，闪然发亮。留在蔷薇叶上的露珠，团团地放着光。去触蜘蛛网，手指觉得有无术可取的、瞬间的、珠玉似的重量，蛛网昂然地摇动着。露珠顺着网丝走向低的一方去，荧然地发亮，就落到下面的草上了。这些平常的美丽，他用新鲜的感情去看。

他想汲水，便把吊桶拿上，偶然窥视井底，里面有不知边际的穹苍，被切成直径三尺的圆形。无底的琉璃，静平地展开，井里的水，看去好像从它本身透出光芒似的。这时他将要放下吊桶的手，便踌躇起来了。当他窥探井里时，他的心情，正如井水一般的平静。汲了上来的水，虽是因为连日下雨混浊了，可是他的平静的心情，对于这一点，颇能原谅了。

坐在妻预备好了的食桌前时，他的心是和平的。在食桌上，有妻前天从东京带来的奇异的食品。火盆上面，开水瓶正沸腾着。他想起了妻说过的，阴郁的心情，是从可厌的气候来的。他想拿起箸，偶然又想起了刚才在水井旁看见的蔷薇花苞。

"喂，你没有留意吗？今朝开了许多好花呢。我的花已半开了。原是红色，现在开了的，是深而且沉着的颜色呢。"

"不错,我看见了。是那在庭当中高高地开着的花吗?"

"是呀,就是那'一茎独秀当庭心'的花。"他又一人独语着,"新花对白日好吗? 不,白日二字可笑。总之它们是不合季节的。"

"好容易在月九里才开了花呢。"

"怎么样,不替我把它摘来吗?"

"好,我去摘了来。"

"摘了来放在这里。"他用手指敲着圆桌的当中说。

妻即刻起身,先拿了白的桌布来。

"那么,先铺上这个吧。"

"这倒不错,哦,洗过了呢。"

"若是龌龊了,我想在这样的雨天,是不能够洗濯的,所以把它藏得好好的。"

"果然漂亮,拿花来做肴,开一次宴会。"

一面听着他的快乐的笑语,妻就去摘花。

她拿了盛花的玻璃杯,没有一会就来了。有点像做戏似的不自然的样子,她捧着那杯子姗姗地进来,这事在他觉得奇异的不愉快,感触着似乎被他人恶辣地讽刺似的。他没精打采地问道:"呀! 摘了许多来呢。"

"是的,尽所有的都摘了来了。"

这样答时,妻颇得意;可是在他就得讨厌,因为妻没有懂得他的话的意味。

"为什么? 我只要摘一朵,就好了。"

"但是你没有这样说过的。"

"难道又说过多摘吗……你看,我只要摘一朵就够了。"

"那么把多余的丢了好不好?"

"算了吧,特意摘了来的。也好,就放在那里吧……噫,你怎么样了?我说的那一朵你可没有摘来呢!"

"呵,说过也好,没有说过也好,那里的花只有这些了。"

"这样吗?我想摘的那一朵,是花底带着蓝色(sky-blue)似的红花苞呢。"

"什么?花底带着蓝色的,这样奇怪的花是没有的。那一定是天空的颜色反射在花上吧。"

"果然的,可是……"

"呵,你不必做出这样可怕的脸嘴呀,若是我错了,请你原谅吧,因为我想越摘得多越好……"

"不要这样轻易地谢罪吧,与其这样,不如先了解我的话……一朵,把那一朵花苞,直到开花为止,放在我的眼前,把它摆在当着日光的地方,我想凝然看守着它。就是这一朵,其余的只要它们在枝头好了。"

"但是你向来喜欢丰富的呀。"

"无谓的东西多了,倒不如只要一个好的,这才是真正的丰富。"他好像自己在咀嚼自己的说话似的,沁沁然地说了。

"哈,快不要呕气吧,你看这般好的早晨……"

"是的,所以——这样好的早晨,做了这样的事,我觉得不愉快。"

这时候他虽然说这种话,可是他觉得妻在旁边渐渐地可怜起来了,并且自己觉察自己的任性了。妻的食指,像是被蔷薇的刺刺了吧,有血渗透出来。这事也被他看见了。然而把这种心情对妻说明的语言,不能够从他的口中说出,这是他的性子;宁可包藏着装做不知道。并且在什么地方应该停嘴不说,他也不知道。这更使他自己焦急了。他勉强止住了嘴,用手把盛着花的玻璃杯拿起来。最初是拿得和眼睛一样高,看透这玻璃杯。只见绿色的树叶映在水里,显出一片绿色。叶里都会放银色的光,在水里可以看见尖而红的刺。杯子的厚底,如水晶似的,冷然放光。这小小的杯子的小小的世界,也是绿色与银色的清丽的秋日。

他把杯子放在眼前,一朵朵地精细地看那些花。在杯上的花和它的花片,不幸都被虫蛀了。完全的,一朵也没有。这事又使他正在镇压的心扰乱了起来。

"怎么了,这些花!你摘时稍微费点斟酌就好了,唔,全被虫蛀了。"

他仿佛是不知不觉地吐出似的,把这话说了出来,又使他的妻难过了。他急忙把杯里的最美的花苞拔出来,他柔着语调对妻说道:

"呵,就是这个,我说的花苞就是这个,好了,在这里,在这里了。"

在他的说话里,伏着使妻不再怄气的心情。可是妻不想回答他的话,默然地把她自己吃的饭盛在碗里。

他斜着眼睛睨视着,偷看妻子的额角。把盛花的玻璃杯拿上拿下地看……不,这是自己的不是,全是自己任性。他无所措了,他捧着寂寞不安的心,把妻摘来的花苞,放在自己的眼前,看来看去……这还是裹得紧紧的花苞,在它的胀鼓鼓的侧面,有针眼般大小的洞,贯穿了重重叠叠的花苞的红色花瓣,直进到那白的、小而又深的花蕊。不用说这就是虫所干的玩意了。他厌恨地皱着眉头,尽看着那花苞。

一转念间,他把花苞放下了。

他的手很快地把火盆里滚沸着的开水壶拿下来,再把花苞摘下,立即投进火里。——花苞的瓣唧唧唧唧地烧着……当他看着那燃得绯红的炭火的瞬间——

"呀!"

他不觉想这样叫了,也想跳了起来。好容易才忍耐着,他想在这里跳起来,自己就是狂人了。这样想着时,他很快地(但是力求其沉着)用火箸拾起在火钵里烧着的花苞,投进旁边的炭笼里去了。

他这样做过了,便愕然地睨视着火钵里的灰,灰里并没有什么,也寻不出现在会有的东西。可以惊异的,什么也没有。可是他目不转睛地搔爬那灰,灰底也没有什么。灰的上面,忽然间现出一片青色,比滴在水里的火油还要快,这是他所看见的,其实这仅是一瞬间的幻景罢了。

他从炭笼的底下,再把花苞拾了出来。刚才他用火箸从火里拾起的花苞,因为被火烧了,褪了颜色,涂染着漆黑的炭灰。于是他又仔细去看那花茎,在那里,同他先前所看见的一样,那随着他的手的动摇而颤抖的茎上,从花萼起,到被虫蛀了只剩下两匹叶子的叶里都有了虫,这是什么虫啊——虫的青色和茎的青色一模一样。这些极其细微的虫,像那 Miniature 上的虚幻的路街与石垣似的,细细地密密地重叠着。在茎的表面,全被无数的虫掩蔽,连针那样的空隙也没有。他看见灰的表面现出了青色,全是虚幻的,可是包裹着这茎的小虫的群集,就并非虚幻了——全部的、青色的、无数的、无数的……

"呵呵,蔷薇,你病了!"

"这时,忽然他的耳朵听着了的声音,这是从他自己的口里说出来的。可是这声音在他的耳里,听去好像是自己以外的谁人的声音,他想这不过是他自己以外的什么人,叫他的口说出来的。这是一句话,是某人的诗的一句。他记得这句诗是谁某引用在书的"扉页"或什么地方的。

他想力使他的心沉着些,这手段就是,拿起了还搁在眼前的饭碗,静悄悄地把碗向着妻的那方伸了出去。在他把手伸向前去的一刹那——

"呵呵,蔷薇,你病了。"

忽然,毫无意味地,这一句诗,又出了他的嘴唇了。

饭吃了一碗,好容易就算完毕了早餐。

妻嘤嘤地泣起来了。"呵!又发作了吗?"她的心里好像在这般地对夫低语。她收拾好了食桌,拿起了盛着花的杯子,可是把它怎样安排,她却迷惑了。那被虫蛀了的烧过的花苞,是他无意识地揉碎了的吧——在火钵的长板上,裂成粉碎,绯红地四散着。对于这些,他装做没有看见的模样,想走到庭园里去,一只脚刚从板廊踏下去,在这刹那——

"呵呵,蔷薇,你病了!"

Fairy Land 的小丘,今天在绀碧色的空际,将那妇人肚腹侧面似的曲线,显然地浮现出来。丘上的高的地方,有耸立着扇形似的繁茂的树林,美丽的云从那林梢轻飘飘地扬出来。又黄又褐的颜色,像欲泣般的美丽。有时在一日之内,质地变作了紫色,使那绿色的纵纹更加好看。今天在纵纹上面,交织着黄影的丝。这小丘在今天更牵引他的眼睛。

——我结局要在那地方吊颈的呀,那地方像有什么在招引我。

——蠢货,因为偏爱那地方,不要说无谓的暗示。

——不要有不欢的结局才好。

他的空想使他无意中把一只手举起来。现在,那小丘上的眼不能见的树枝上,好像有眼睛看不见的带子挂着似的……

"呵呵,蔷薇,你病了!"

井里的水,如同清晨一样,静寂地圆圆地荡漾着。他的脸映在水中。一片柿树的黄叶,飘飘地落下,悄然地浮在水上。从那轻轻的一点,成了一个圆波纹,静寂地在水面展开,井水动摇了。但不久就回复了原来的平静,那静才真的是静,是无涯的静。

"呵呵,蔷薇,你病了!"

在蔷薇丛中,现在一朵花也没有了,有的只是树叶罢了。连叶子也被虫蛀了。偶然触着了眼帘,便似看非看地看了一下,见妻把今早盛花的玻璃杯,放在厨房的阴暗的角落里,悄然而岑寂地、绯红地在那里。那花射着他的眼睛,于是,"你对于无聊的事为什么发怒?你把人生当作玩具,你不知道忍耐,是可怕的"。

"呵呵,蔷薇,你病了!"

后面的竹薮中的竹枝上面,挂着藤葛的叶子,别无什么风来吹动,但是那一片叶,却不可思议地在左右摇动,那叶的里面白而有光——他凝然看着它……犬看见了他,便迅急地从野外跑回来,在他的身旁跳跃,虽然他想避开……什么地方的树枝上,有百舌鸟在啄门似的吱吱吱地叫着……向上看去,一群候鸟,像散开飞翔似的,在辉煌的夕阳里乱飞……仰视那鲜明的晚空的绀青色……又见从对面小丘脚下的人家,有晚炊的烟子,一点不动,静然地上升……

"呵呵,蔷薇,你病了!"

这句话无论什么时候都追迫着他,这话虽从他的口中说出,但不是他的声音,他的耳朵听去是他人的声音。再不然,就是他的耳朵听了他人的声音,他的嘴立刻就去模仿的。——他一天到晚,理应是什么也不开口的,可是……

许多犬同声吠起来了。被它们自己的回声所惊骇,犬们叫得更厉害,回声便也更叫得厉害。犬叫得厉害……他的心情就变作了犬的声音,犬的声音就是他的心情了。在阴暗的厨房里,妻在灶旁烧火。从什么地方回来的猫,催促晚饭,不住地啼着。火猛烈地燃起来了,妻的脸上,有半边映照得通红的。那虫蛀过的蔷薇被烟笼罩着了。

他想点燃台灯,便去擦洋火,洋火在手里擦亮的刹那——

"呵呵,蔷薇,你病了!"

他忘记拿洋火去点燃灯芯了,他倾耳听着这声音。洋火的细轴燃尽了,成了一根红的余烬,随即消失。变成黑色的洋火头,落到席子上去了。家中的空气,变成了阴郁、潮湿、腐朽,难道连台灯也点不燃了吗?他再擦洋火——

"呵呵,蔷薇,你病了!"

擦了几根,擦了几根。

"呵呵,蔷薇,你病了!"

这声,究竟从什么地方来呢?是天启吗?是预言吗?这句话总是追迫着他,无论到什么地方,无论到什么地方……

附 记

佐藤春夫君是日本现代的抒情诗人,也是小说家。他具有近代人的忧郁性与病的官能,对于二者的描写,极为出色。他的长篇杰作《田园的忧郁》与《都会的忧郁》,以诗人之笔,抒写忧郁的情绪,为世人所注目。本文原载佐藤君的小品集《花与实与棘内》(金星堂名作丛书),后来写进了长篇小说《田园的忧郁》里,作为最后的一段(字句略有增加)。《田园的忧郁》又名《病了的蔷薇》,富于散文诗的情调。读了这一篇译文,则《田园的忧郁》等作的风格,是不难揣想的了。

逝了的哈代翁——访问的回忆[1]

宫岛新三郎

一

露的光既碎,鲜朗的绿色里,野草放着光辉的小山旁,现出了一个牧羊者。他把小羊抱在腕里,后面走来的羊群围绕着他,排列成扇形,散开来走向新鲜的牧场那方去。咩咩的欣悦之声扬着,走在前头的羊的颈铃响着。牧羊者是一个白发老人,颚下的须,好似包着太阳晒红了的多皱纹的脸。"杀了那些羊,真是罪孽。"试和他攀谈,便答说:"客官!不要说来污了你的嘴倒好!"

听着了哈代(Thomas Hardy)的名字立即想起来的,就是这样的小山、羊群、牧羊者的哈代乡(Hardy Country)的情景。踏入了长久间景慕的这哈代乡,已不是平常的英国。和这世界的大文豪汤麦司哈代亲热地晤面而且快谈,记得是1926年9月11日。那日的前夜,从伦敦在火车里摇动了三个多钟头,到了多极斯达车站(那里的人口约

---

[1] 此篇前,原有《某殖民地某日发生的事变》一篇,因与前文重复,故删去。

有一万),被黑暗的马车送到的地方,是叫做金格斯阿母士的旅馆,凡读过哈代的杰作之一的《卡司他卜里吉的市长》(即《多极斯达》)者,哈哈,立刻会注意到那就市长任的痕恰特,受市民的庆祝宴的场所,就是这个旅馆。被痕恰特用五十两卖给他人的妻房,隔了十八载,窥见了从割草后发迹做了市长的元配丈夫,便一命呜呼了。那撑开着的窗子仍是那样,食堂里出现的愚拙的侍者也仍是那样。

夜已深了,反而时时听着骚然的群集的欢声,问 Porter 那是什么。他答说,在市公所里,市民和近乡的农夫、牧羊者,维斯曼的渔夫们正在跳舞,如果去看,真有趣呢!因此就在《哈代访问记》里,加进了有趣的 Episode 了。我在那烟草的烟雾弥漫的市公所里,同镇上的女郎、乡姑娘、矫健的青年、牧童、学生、军人、商店伙计、渔夫等混在一起,尝试了我有生以来的初次跳舞。和我对舞的,如果是一位美人,这一段 Episode 就开了花了;然而是一个身长约有我两倍的军人,并且是喝醉了酒的,不能够好好地跳,向前进一步就拙然地踏了别一组的靴子,下了一脚,又轰然地撞着了不知谁人的肩头,演出了这样的大失态。后来我把这话向哈代说了,他把细细的眼睛缩得更细,微笑了。

二

和哈代的会见,定了翌日的四点钟的饮茶时,坐了摩托车到那里,巡回了哈代乡的一部。从多极斯达起,有山丘,乃有牧场;有牧场,乃有白壁的农家;有农家,乃有田圃。向那称为丘陵地的《利亚王》(莎翁剧之一——译者)悲剧的一场面,东北约进二哩,便是哈牙波加母顿(在哈代的著作里是阿巴麦尔斯克)。在那杂木林的一端,哈代以1840年6月2日生在那里,有他度过少年时代的家宅。走去访问,有一个七十多岁的老婆婆看守屋子,她述说了关于哈代的话。那白色之中有茶色斑点的爱尔兰猎犬也摇着头来欢迎这异邦之客。前面有一座花台,左手有一株大的常磐木繁茂着,那是一所有茑萝缠绕着的旧式的田舍家。哈代生在这里,他是一个建筑工程师的儿子,因为母亲的兴趣,他在早就读了特莱登(Dryden)翻译的魏吉尔(Virgil)的著作。他和这地方的农民的传统相亲,即是——圣诞节夜漂泊音乐家所奏的夜曲,圣诞节夜的宴会与跳舞,田舍教会里的管弦乐队与合唱队,年青农夫们所表演的圣佐治的古代神秘剧,十一月里的花火,五月的树下的舞,在春日的祝圣节,走着在鲜花装饰着的小径上的姑娘们的列,他和这些相亲,足以培养自然艺术的想像力。他也同Richardson一样,替村里的姑娘们代作情书,不用说,这也足够帮助他深察女性的心理。

哈代的少年时代,从英国的社会史上看,占了很重要的位置。他产生的1840年,可以说是新旧社会划界的一年,他以一个青年,目击了农业的英国,渐移为产业的英国的变化。在一方面,亲眼见着因为谷物条令的废止,地方上的地主阶级的贵族主义趋于灭亡;在另一方面,也会和那在曝晒台上受刑的人说过话,又经过了前面所说的有乡村教会的合唱队及圣诞节的假面剧的时代。所以在哈代的作品里多半取材于新社会出现之前,旧社会正崩溃的过渡期的农村社会诸相。

当时变化的预兆,不单是在社会上,就是在精神界也明了地得见。哈代能够思想的时候,正是赫胥黎和惟耳巴孚待互相揭出宗教与科学的标语之时。爱略特(Eliot)女士的《亚当比得》、麦勒底斯(Meredith)的《力查特费牙勒尔的罚》发表时,哈代正是十九岁。前者强烈地诉诸良心,后者吹着理智的前进的喇叭。当时的社会,已经从维多利亚朝代的自给自足的满足的酣眠里觉醒过来了。产业驱逐农业,同时又扰乱旧田舍的平和,"觉醒哟!你!从酣眠之中!"这般的呐喊,从理智、从良心发出来了。听着了这警钟的年青的哈代自然倾向急进的方面,他的这种反抗精神,于是成了对于维多利亚朝代的资产阶级道德、宗教、法律的激烈的攻击,在作品里具体化。人常说,哈代的作品是阴暗的,是表现人间意志所莫可如何的运命之力的,所以是厌世主义的作品,把他看成一个宿命论者。可是这完全是误解,他决没有认识大宇宙的运命力、大自然的决定力;他所认识的运命力与决定力,乃是从资产阶级的资本主义之社会组织与其指导者或支配者所产生出来的一种后天力。把这力看为不可避的运命力、决定力,乃是资产阶级的社会意识使之然,然而直到现在有许多批评家仍陷于此种误谬。引导人所不能摇动的不幸之力,并非大宇宙的运命力与大自然的决定力,如果读他的杰作《特司》便能够悟了。使特司破灭的决不是绝对不能摇动的运命之力,乃是由于环境(就普通来说)。如果详细说,则由于当时的支配阶级的社会的组织力。在这个意味上,《特司》是维多利亚朝的资产社会的痛切的批评。同样的,《虬特》可以如此说,可是现在不是批评他的作品之时。只是,哈代不是一个描写被大自然大宇宙所压迫的人间生活的厌世的作家,乃是一个描写因为环境,(换句话说)当时的资产阶级社会组织力所困窘的人间生活,因而显示了人间的愤激的作家,这乃是显而易见的了。

三

哈代年稍长时,因为要学建筑学便到多极斯达去,十九岁时到了伦敦。作一个建筑设计家,他的将来是有望的。他在制作许多教会的建筑设计图之旁,接近了希腊的古典,又与本国文学相亲,不久作出诗来了,终于在1871年发表了处女作《粗治疗》。接着作了《绿林树下》《碧眼》,1874年用匿名在《康希尔》杂志上发表了《远离狂众》,说他是因为此作在英国文坛中占了确实的地位也是可以的。后来,直到1879年所发表的《最幸福者》,已经有了十七种长篇小说和几十种短篇小说了。后来决不作小说,继续做诗。他为什么停止做小说呢?虽有种种内在的理由,然而最大的一个理由,就是世人对于《特司》与《虬特》的批评过于刻毒之故。他因为这些著作,受了激烈的非难攻击,说是破坏道德、违叛宗教、紊乱习惯、危害风俗。最初他对于这些虽发了反驳的矢,可是时代的知觉还没有进步到受容近代精神,所以一切于哈代都是不利的,因此之故,他对于小说断了念头。

然而对于他的非难攻击,不外是意味英国小说界的革命,不过是表明旧文学观念,对于新文学勃兴之无理解而已。因为《虬特》与《特司》,英国小说至少在内容上革了命。这些作品,说起来,就是路标,以此为界的英国小说,都是带着近代意识的,有真生命、有真呼吸的文学，正真意味的 Realism 说是从哈代起始，并无什么妨碍。

四

离了哈代诞生的屋子，顾盼着《绿林树下》里的 Model 的大橡皮树与和《特司》有关系的教会，在约好的时刻，便驾了摩托车到多极斯达郊外的马克斯格特的邸宅去了。那是一所石垣围绕着的大宅，其中有树林，也有田圃。近入口处，是一所哈代自己设计建筑的 Gothic 式有楼的房子，是怎样的闲寂、幽凄而无俗尘气的田园情趣！按了门铃，女仆早已领悟似的领我进去。在接客室里，是哈代在七十二岁时继弦娶来的夫人，使我想不到是文学家的夫人，尤其想不到是世界文豪的太太。管家妇似的夫人紧紧地同我握手，介绍在旁的老人与他的孙，说是远亲。夫人说去叫哈代来，便走上楼上的书斋去了。一会儿，扶着夫人的手，较我所想像的还要矮小的、在照像上已经看熟了的哈代翁，静然地走下来了。深深的皱纹、苍白的皮肤、细小而凹下的眼、现骨的手，可是在握手时却有异常的力；身上穿着 Homespun 料的运动服，我受了与其说是文学家，毋宁是田舍老教师的印象。

大家围着准备好了的茶桌，所谈的话，自然说及前几天起在伦敦上演的哈代所作的《卡司他卜里吉的市长》。看过此剧的初次表演的在座的只有我一人。"怎么样？"哈代热心地问。我答，和前年看过的《特司》比较起来，有一点不及。翁便说，也许如此，因为这剧自己没有改作去适合表演之用。话题又移到了一般的谈论，我说《特司》最好，又是最大的杰作。哈代说，自己也爱这作品，点着头。我的邻座的老人，推《绿林树下》的田园故事作第一，看来，此人也有着一双文学眼，哈代夫人也是《绿林树下》党的一个。

哈代见我只喝茶，没有去拿涂有牛酪的面包和点心，便示意夫人，叫她把点心盆挨次送给孩子们和我。话题不觉谈到了日本的风俗习惯，又热闹起来。哈代对于东洋的，更其是中国的诗，有很大兴趣读着。他说想读日本的，有什么适当的，叫我告诉他。他和东洋的思想共鸣，是我熟知的，翁的作品已经充分含着东洋的思想与感情了。就这一点说，英国的文学家之中，要数翁是最为日本人喜读的，最为日本所理解的。翁答，也许是如此。说话时，我请他允许他的作品此后在日本翻译，他说关于作品的事，有妻子的种种的帮助，希望有完全的好的译本。我接了这样的欣悦的回答。越过玻璃窗看外面的草，秋日的阳光，渐渐地消去了。不知不觉谈了两点钟的话。我拿出了菲薄的从日本带来的礼物，充满着难言的感谢，便告别了。哈代送我两张照相，当作纪念。夫人说，明天的茶会，有曾经到过日本的某夫人，如果高兴，也请过来，我因为旅行的日程的关系，便辞谢了。那天晚上，便向维马斯出发了。我那时的印象，以为纵然不是强健的哈代，也该再活过三四年的，我和他睹面，还不到一年零四个月，而我所怀念、敬爱的世界文豪，便以1928年1月11日八十八岁离去此世了。即使此后还生存在世上，虽说未必再有第二次的晤面，可是一听着他已逝世，就难耐这寂寞之感了。维多利亚朝代最后的文宿星，就这样消灭了他的光辉。长久间，和麦勒底斯同称为该朝的二柱石的他，较麦勒底斯多活了十九年，恰正是麦勒底斯诞生百年（2月12

日)的一年,他入了籍仙了。在马克斯格特的宅中,此时正在骚然之中,那位还充满精力的夫人,正悲叹这莫大的悲惨吧。在这样的机会说起这事,对于死者应该是失敬,可是我想到哈代的诸作,从文学之社会的解释,史的唯物观的立足上,不将再被人估价吗?他的作品,较之个人,是对于社会力的强烈的挑战文。尤其在《特司》与《虬特》二作是如此。我相信这挑战文的再吟味,对于日本人,也不能不带来了深深的意味。

猫的墓

夏目漱石

移居到早稻田以来，猫渐渐地瘦了，同孩子们嬉戏的气色全然没有。太阳射着屋宇，便去睡在廊下。在摆好了的前足上，载着方形的颚，凝然地眺望着庭里的树子，许久许久没有见着它动，孩子虽是在旁边怎样地吵闹，只装做不知道的脸色。在孩子，早就没有把它当做对手了，只是说，这猫总不足以当作嬉戏的同伴了，却把旧友委托于他人之手了。不仅孩子，连女仆除了仅仅把三次的食物放在厨房的角落里给它之外，大抵总不去理睬它的。那食物多半被邻近的大的金花猫走来吃完了，猫也别无发怒的样子，想要争吵的事也没有，只是悄然地睡着罢了。可是，它睡觉的式样，不知怎的，却没有余裕之态，和那伸长了身子，舒舒服服地横着身体，领受日光的不同，因为是没有可动的能力了——这样还不足以形容，懒怠的程度，是越过了某处。如果不动，自然是岑寂，动了更加岑寂，好像就这样忍耐着的样子。它的眼光，无论何时，都看着庭里的树子，恐怕连那树子的叶、树干的形，它都没有意识着吧，着青色的黄色眼瞳，只是茫然地盯着一处。它同家中的孩子不认它的存在一般,它自己似乎对于世中的存在也没有判然的认识了。

虽是如此,有时好像有事,也会走到外面去。无论何时,都被近处的金花猫追赶,因为恐怖,便跳上了走廊,撞破了破的纸窗,逃到火炉旁边来了。家中的人,留心它的存在,仅仅在这个时候,在它也只限于此时,把自己生存着的事实,满足地自觉了吧。

这样的事是屡次有的,后来,猫的长尾的毛渐渐脱落了。最初是这里那里虚疏地如孔一般地脱落,后来脱宽了,现出红色的肌肤,看去可怜地萎然地垂下来。它压弯了的为万事所疲的身体,时时舐那痛苦的局部。

喂,猫怎样了?问了这样的话,妻子便非常冷淡地回答:"呃,也是因为年老的原故吧。"我也这样地没有理睬它了。后来过了一响,有一次,好像三次的食物都要吐出来的样子。咽喉的地方,咳着起了波纹,使它发出了要打喷嚏又打不出、要噎又噎不出的苦闷的声音。虽然它是苦闷,然而没有法子,只要觉察了,便把它逐到外面去,不然,在席子上、被头上,就要弄得无情的龌龊了。

"真没有法子,是肠胃有了病吧,拿一点宝丹化了水给它吃。"

妻什么也没有说。过了两三天,我问起拿宝丹给它吃过吗。答说,给它吃也不中用了,连口也不能开了。跟着妻又说明,拿鱼骨给它吃了,所以要吐的,那么,不要拿给它吃不好吗?稍稍严重地埋怨着,我就看书了。

猫只要不作呕,依然是和顺地睡着。这一响,凝然缩着身子,好像只有支持它的身子的廊下是它的靠身似的,贴紧地蹲踞着。眼光也稍微改变了,在早是在近视线里,映着远处的物件似的,在悄然之中,有沉静的样子,后来渐渐奇异地动起来了。然而眼睛的颜色,却渐渐地凹下去了,好像是太阳已落,只有些微电光闪着的样子。我总是不理睬它,妻似乎也没有注意它,孩子自然连猫在家中的事也忘怀了。

某夜,它匍匐在孩子的被头的尽头,发出了与取去了它所捕着的鱼的时候相同的呻吟声。这时觉察了有变故的,只有我自己。孩子已经熟睡了,妻子正专心做着针线。隔了一会,猫又呻起来了,妻才停住了执着针的手。我说,这是怎的?在夜里啮了孩子的头,那才不了呢。不至于吧,妻说时,又缝着汗衫的袖子了。猫时时呻吟着。

第二日。它蹲在围炉的边上,呻了一天。去倒茶或去拿开水壶,心里总觉得不舒服。可是到了晚上,猫的事,在我,在妻子,都完全忘怀了。猫的死去,实在就是那天晚上。到了早上,女仆到后面的藏物间去取薪的时候,已经硬了,它倒在旧灶的上面。

妻特意去看它的死态,并且把从来的冷淡改变了,忽然骚嚷起来了。托了在家中出入的车夫,买来了方的墓标,说,叫我为它写点什么。我在表面上写了"猫的墓",在里面写上了"在九泉下,没有电光闪耀的夜吧"(译者注:此为十七音的俳句)。车夫问道,就这样"埋了好吗"?女仆冷笑道:"不这样,难道还要行火葬吗?"

孩子也忽然爱起猫来了。在墓标的左右,供着一对玻璃瓶,里面插满许多的荻花。用茶碗盛着水,放在墓前。花与水,每天都换着的。到了第三天的黄昏时,满四岁的女孩子——我这时是从书斋的窗子看见的——单独一个人,走到墓前,看着那白木的棒有一些工夫,便把手里拿着的玩具的勺,去酌那供猫的茶碗里的水喝了,这事不只一次。浸着落下来的荻花的水的余沥,在静寂的夕暮之中,几次地润湿了爱子的小咽喉。

在猫的忌日那天,妻子一定要拿铺有一片鲑鱼和鲣节鱼的饭一碗,供在墓前;一直到如今,没有忘记。只在这一晌,不拿到庭里去了,常是放在吃饭间的衣橱的上面。

火　钵

夏目漱石

睁开眼睛,昨夜抱着睡的怀炉,在腹上已经变冷了。透过玻璃门,眺望屋外,沉重的天空,宽阔约有三尺,看去像铅一样。胃痛似乎好了,毅然地从床上起来,是预想以外的寒冷,窗子之下,昨天的雪,依然是那样。

浴室里结了冰的原故,莹然地发光,水管凝固着,水栓不灵动了。隔了一会,我行完了冷水摩擦,刚把红茶注在茶碗里,满两岁的男孩子照常地哭起来了。这孩子在前天哭了一天,昨天也继续哭着的。问妻是为的什么,据说,并没有什么,只是因为寒冷。真是无可奈何。果然,哭的声音是迟钝的,不是痛也不是苦恼的样子。可是既然那样哭着,总有不适的地方吧。问了之后,结局说这里不适。有时觉得有些可厌,想大声叱骂的事也有,可是想到叱骂了,是过于幼小,也就忍住了。前天昨天都是这样,今天也是这样吗?从早上起我就不舒适。因为胃不好,这一晌注定了地不吃早饭,就拿着茶碗,到书斋里去了。

将手在火钵上烘着,稍稍和暖,孩子在对面那边,又在哭了。这时掌里发出了热气,暖起来了,只是从背脊到肩上觉得酷寒,尤其是脚尖像冷断了地痛着,没有法想,只有缩着不动。只要一动手,无论哪里,都触着冷的地方,好像触了刺一般地反应到神经。甚至连回转头颈,颈项触着了衣服的领,也感觉冷滑得难堪,自己从四方受了寒冷的压迫,在十铺席子大小书斋的正中,缩做一团。这间书斋是没有铺席的地板间。在可以放椅子的地方,铺了绒毯,我想像它如普通的铺有席子一样地坐着。地板上铺着的东西是狭小的,四角还留下二尺,滑然的地板露了出来,光油油的。我凝然地眺望着地板,瑟缩着,男孩子还在哭泣,总没有做工作的勇气。

这时妻子走进来借我的表去看,说,又在下雪了。我一看,虽然细小,却不知从何时,已在降落了。从没有风的混浊的空中,静然地、徐缓而冷刻地,落下来。

"喂,去年孩子生病,烧了火炉,炭钱要多少呢?"

"那时候月底付出二十八块钱。"

我听了妻子的回答,便把火炉的事断了念头。屋内用的火炉,是弃在后面的藏物间里的。

"喂,不能使小孩安静一点吗?"

妻子出现了没有办法的脸色了。于是,说:

"阿政君的肚痛,好像很苦痛的,就是林大夫也好,去请他来诊视好吗?"

阿政君睡了两三天,这事是知道的,却没有想到这样的病重。"快点去请医生来才好。"由我这样催促似的说起,妻就答:"就去请了来。"她拿着表走了出去，关闭纸门的时候，说："这屋里真的冷。"

我再没有瑟缩着工作的心意了。说句实话，工作原是很多。我的稿子，是不可不写好足登载一次的，还有，被一位素昧平生的青年所托，替他阅看两三篇短篇小说的义务，又有把某人的著作，添上一封信，介绍到某杂志的约。这二三月来，应该读而没有读的书籍，在桌子的横当堆积着。这一周间，刚想要做工作，可是向桌子坐下，就有人来了。于是就花费在谈论什么的上面，加之还有胃痛。就这一点说来，今天总算是幸福的了。可是，无论怎样，天气寒冷，轻易把手离开火钵，是不能够的。

既而有人在门外停着了车子，女仆来说，长泽君来了。我依然缩身在火钵之旁，眼睛向上，仰视着走进来的长泽。我说，冷得不能动了。长泽从怀中取出了信："这十五日是旧历的新正，务请通融。"读了这样的信，又是金钱的商量。长泽在十二时过回去了，然而仍然寒冷得无可奈何。我想不如到浴堂去，使精神增加的好，便提着手巾，刚走到门口，又撞着说"惊动了"的吉田，请进客室坐下，听了各样的他的身上的话，吉田簌簌地流泪哭起来了。这时后面的房间里，像是医生来了吧，骚骚然的。吉田一会儿就回去了，孩子又哭了。我终于到浴堂去。

从浴汤中出来，才觉得暖和，欣然地回转家来，走进书斋，点了洋灯，放下窗帘，把火钵里的新的炭节拨旺，自己便颓然地坐在垫子上面，妻从里面走进，说，冷吧，端着面汤来给我了。我问阿政君的病体怎样，据说，医生讲说不定要变为盲肠炎呢。我接了面汤在手里，答说,如果病体加重,还是送到病院去好些,妻说,这样的好,就走进吃饭间去了。

妻走出之后,忽然静寂了,真真是一个降雪的夜晚。啼着的孩子,幸好是睡着了似的。我一面啜着热的面汤,倾耳听那盛燃着的炭节毕剥的声音,红的火气,在围绕着的灰里,微微地摇动。微青的火焰,时时从炭股里发出,我因为这火色,才觉得一日的暖味,于是漠然地看守着变了白色的灰的表面,约有五分钟。

嗅妻房的男人[①]

薄田泣堇

我的友人S氏的同窗,有一个年青的理学士。

理学士已经结婚了。妙龄的女郎有了丈夫,便发现了一向未曾知道的和不想知道的一切。可是年青的理学士的妻子所发现的,除了许多新嫁娘所经验的那样的事以外,还有,仅仅一件,谁也似乎是不知道的事。

那是,在女子有时归宁回来,理学士的丈夫,定例似的,走近她的身旁来,把鼻子推押在妻子的身上,喷喷地嗅来嗅去。

"到什么地方去过了?"

这般地,疑心深沉地讯问。既而回答说,回娘家探望母亲的病转来了。丈夫惊讶似的道:

"不是有男子的气味吗?会见了什么男子来了吧。"

又这样地追根地讯问了。既而她一想,不错,女仆的阿哥——时常在家中出入的花匠也去探病,偶然和他坐在房内。于是把这个缘

[①] 此文前原有一篇《观动乱的中国》,因与史实不符,故删去。

由回答了。丈夫满足似的：

"可不是吗？你的身上有那样的气味啰。"

说时，笑起来了。

这样的事不只一次，像射"的"般地一件一件都巧中了，知道了此事的年青的妻房，对于敏锐的丈夫的鼻子，渐渐地有了兴味。于是，当外出之时，虽是坐电车，也特意选择在那年青而貌美的男子的旁边坐了下来；虽是进咖啡店，甚至于也特意选了一把挨近时髦男子的椅子。这几次，丈夫像猎犬般地兢兢地动着鼻子，在年青的妻房的身体的周围，嗅着寻觅。

"会了谁来？有年青的男子的气味……"

"不错，会过了。然而，什么也没有的。"

她故意回他一个说开了去的回答，丈夫重新又嗅了好几次。

"那么，说出名字来！名字！究竟那男子是你的什么人？"

他以为妻子有了什么隐情似的，变了眼色，坚决地讯问。当这时候，妻子把遭人嫉妒的幸福，暗暗地在心里玩味了。

等她警觉了病的鼻子之敏锐，在病的丈夫心里投了难于消失的阴影之时，她不能不悔恨由一点好奇心而深入恶作剧的自家了。妻子因为要医治丈夫的这种病癖，用碎了各种心思，在她自己，竭力地不挨近年青的男子身旁了（这不仅是因为要医治丈夫，在防备她自己的轻浮是必要的也不可知）。然而即是这样，丈夫依然团团转地嗅妻子的身体，不会忘记追究她所会见的男子，这在妻子也颇有点为难了。后来，妻子终于发明了妙法了。就是当作自己嗜好，无论何时，

都用香度极烈的香水洒在身上。于是,名不虚传的丈夫的敏锐的鼻子,果也麻痹了。丈夫颦蹙着脸道:

"好强烈的气味!"

他仅仅说了这一句就算了,也不再追究她所会过的人,妻子这才放心了。

"既是这样,无论在什么地方会什么人,一点也不打紧的。"

也许妻子在肚内暗暗地想这样的事也未可知,因为她只是想没有谁人来嗅她了。

附　记

薄田泣堇,是日本有名的诗人。他的最初的诗集《暮笛集》,出版于明治三十二年(1899)。诗篇充溢着温暖的情绪,以英国的诗人雪莱(Shelley)、济慈(Keats)为法。其后有《暮春》等诗集行世。随笔集有《茶话》《太阳使草放香》《猫的微笑》诸篇,均富有诗的情趣。

女　体

芥川龙之介

叫做杨某的中国人，在夏日的某夜，因为过于闷热，就醒来了。他用手支着颐，俯卧着，耽于无端在妄想，忽然看见一匹虱爬进了床边。屋里点着的薄暗的灯光，使得虱的小背如银粉般的发亮。它注视着睡在旁边的妻子的肩，迟迟地走近。妻子本来是赤着身体，早就把脸朝着杨的那边，发出了安然的入睡了的鼻息。

杨望着虱的迟钝地行走，便想起这样的虫的世界是怎样的呢。自己两步三步走得到的地方，在虱若不费去一点钟，是走不到的，并且它所巡回的场所，用尽死力也只在床上。自己如果更生为虱，谅必是无聊的事吧！

将这样的事漫然想着的时候，杨的意识，渐次朦胧了。自然不是梦，说是现实又并非现实。只是似沉非沉地，走向奇妙的恍惚的心地之底。既而，觉得回到了猛然惊醒的气氛，杨的魂已经进了那虱的体内，在汗臭的床上，蠕蠕然地走着了。因为这是过于出乎意外的事，杨不觉茫然地畏缩起来了。可是惊骇他的，不仅是单独那样——

在他的前途，有一座高山，那山暖暖地自抱成圆形，从眼不能及的上方，到眼前的床上，像大的钟乳石般地垂下来。触着床上的部分，其中好似藏着火气吧，造成了微红的石榴实的形样，除了那部分，圆圆的一座山，无论看哪里，是没有不白的地方的。那白色又有凝脂一般的柔，滑柔的色的白，使那山腹的不平的部分，恰如映在雪里的月光一般，微微地浮着青影。加之受着光的部分，带着融解似的鳖甲色的光泽。无论在何地的山脉都不可得见的美丽的、弓形的曲线，在远远的天边描绘着。

杨张开了惊叹之眼，眺望这美丽的山的姿首。可是等到他知道那座山就是他的妻子的乳房之一的时候，他的惊异到什么地步呢！他忘了爱、憎以及性欲，他看守着这象牙山似的巨大的乳房。而且惊叹之余，连寝床的汗臭也忘了吧，许久许久，像凝固了似的不动。——杨变成了虱，才能够如实地观看他的妻子的肉体之美。

但在艺术之士，可以如虱一般地观看的，倒不单是仅仅女体之美了。

尾生的信

芥川龙之介

尾生伫立在桥下,早就等着女子的到来。

向上一看,高的石桥栏,一半为茑萝所掩,时时走过其间的往来的人的白衣裾,为鲜朗的斜阳照着,悠悠然被风吹动。然而,女子还没有来。

尾生静寂地吹着口笛,轻快地眺望桥下的洲。

桥下的黄泥的洲,现出约有两坪广阔,就与川水紧紧地相接。水边的芦草之间,大概是蟹的住家吧,有许多的圆洞,每当波浪冲击着那里,便听着了籁籁的幽微的声音。然而,女子还没有来。

尾生好像稍微待久了的样子,移步到水边,四眺那没有一艘船经过的川流。

川面密密地没有间隙地长着青芦,而且在那芦草之间,处处有河柳蓊然的繁茂。因此连接其间的水面、川面的阔度,不能广宽地看见。只是,如带一般的清澄的水、点染着云母般的云的形状,寂然地盘纡在芦草之中。然而,女子还没有来。

尾生从水边回转了他的脚步,这才在不算广阔的洲上,那边这边地走着。暮色渐渐浓厚起来了,他倾耳听着四围的静寂。

在桥上,不久间,行人已经绝迹了吧,从那里来履声、蹄声,还有车声,都听不着了。只有风声、芦声、水声——还有不知何处来的激然的苍鹭的啼声。既而立定了时,他看见潮水不知在什么时候,已经涨了,冲洗着黄泥的水色,较之先前,更在附近朗澈着。然而,女子还没有来。

尾生紧紧地皱着眉头,在桥下的薄明的洲上,又快步地走起来了。这其间,川水一寸一寸地,一尺一尺地,渐渐涨到洲上来了。同时从川里发出来的水藻的香气、水的气味,凄冷地围绕了肌肤。向上一看,先前鲜朗的斜阳已消了,只有石的桥栏,黑黑地正正地切断了微青的暮晚的天空。然而,女子还没有来。

尾生终于畏缩起来了。

川水已经濡湿了鞋子,漾着比钢铁还冷的光,漫漫地流布于桥下。这样,膝、腹、胸,恐怕不出顷刻之间,定要被残酷的满潮的水掩没了吧。不,在这瞬间,水量已经加高了,到现在,终于连两胫也淹在水波之下了。然而,女子还没有来。

尾生尽那样地立在水中,还贪着一缕的希望,举目向着桥梁的空中,不知几次。浸着腹部的水面,已经被苍茫的暮色笼罩,只有远远近近繁生着的芦草与河柳的叶子相摩的声音,从茫茫的霭中,送了过来。既而,掠过了尾生的鼻子的,似鲈般的鱼有一尾,翩然翻了它的白肚。那鱼跳跃过的空中,虽是疏虚,已见着了星光。茑萝缠着的桥栏的形状，纷乱于迅速的夜黑之中。然而，女子还没有来。

夜半，月光照满了一川的芦与柳的时候，川水与微风静寂地细语，桥下的尾生的尸骸，和顺地连到海的那方去了。可是尾生的魂，在寂寥的天空的月光里憬慕着也未可知，悄悄地脱离了死骸，朦朦地向着明朗的空中，正如水的香气、水藻的香气，无声地从川上升一般，闲然地高高地升上去了……

此后不知隔了几千年，那魂经阅无数的轮回，又不能不托生于人世了。那就是宿于这般的我的魂了。所以我虽然生在现代，却不能够做一件有意味的事，昼夜漫然地度过梦幻的生活，只是等待着什么要来的不可思议的物事。恰如那尾生在薄暮的桥下，无论到何时，都等待永久不来的爱人以终一般。

英雄之器

芥川龙之介

"总之,项羽这人,并非英雄之器。"

汉朝的大将吕马童将他的长脸更伸长了,摸着胡须这样说。他的脸的周围,有十多个人的脸,都承受着放在当中的灯火之光,显然地浮漾于幕营的夜中。那脸,无论哪一张,都浮现着平时所无的微笑,是因为献了西楚霸王头的今日的胜战之喜悦,还没有消散的原故吧。

"这般的吗?"

一张高鼻子的、眼光锐利的脸,这脸把稍带讽意的微笑浮在唇上,凝然地看着吕马童的眉间,这样说了。吕马童不知何故,稍稍狼狈似的。

"强固然是强。总之,听说连涂山禹王庙的石鼎也扛了起来啰。就是现在的今日之战也是如此,我想我的命已经危在顷刻了,李佐被杀,王恒被杀,说起那势,是没有第二人的。那是,真的,强固然是强。"

"嚇。"

对手的脸,依然微笑着,意气扬扬地点头。在幕营之外,是静寂的,除了远远的二三次角声之外,连马的嘶声也没有听见。这其中,不知何处,发出了枯叶的香气。

"可是,"吕马童回视大家的脸,便"可是"似的,眼睛瞬了一瞬。

"可是,并非英雄之器。那证据,也就是今日之战啰。被追到乌江时的楚军,仅仅二十八骑,对付我方的云霞般的大军,虽是死战了,也是无济于事的。于是有乌江的亭长,特意出来迎接,听说是说要用船渡到江东。如果项羽是英雄之器,即令含着垢,也该渡过乌江,以后再卷土重来,因为这不是挣持面目之时。"

"然而,所谓英雄之器,就是来去光明啰。"

对于这句话,从大家的口中,发出来了沉着的笑声。可是吕马童特别急迫。他从胡子上把手放下,稍把身体复归原位,闪闪地时刻看着那高鼻子、眼光锐利的脸,岸然地做着手势,开始辩驳。

"不,不是那么想。——在项羽呢,项羽在今天开始打仗之前,听说他在二十八个部下的面前说:'亡项羽者天也,非人力的不足。证据是,以这点军势,必破汉军三次给你们看。'后来,实际岂止三次,连九次也胜了。在我说来,以为是卑怯,他把自己的失败,归之于天——这在天也得困窘。若渡过乌江,纠合江东的健儿,再来争中原之鹿,那是莫可如何的。可是,他并不如此,把伟大的生着的,死灭了。我以为项羽非英雄之器,不单是因为他的来去不光明,是他把一切委之于天命——那是不行的。我想所谓英雄,不是这样的。不知萧丞相那样的学者,对此事是怎样的说法。"

吕马童得意地回顾左右,暂时闭了嘴,他想他说的是有理的吧。大家彼此也微微地点头,满足似的静默着。既而,在其中,只有那张高鼻子的脸,突然地有一种的感动,出现在他的眼中,眼中的黑瞳,热烈似的,闪耀起来了。

"这般的吗?项羽说过那样的话吗?"

"据说他说过的。"

吕马童把长脸上下地、大大地动着。

"岂不是弱者吗?不,至少不像男子似的。所谓英雄之器,我以为是要与天争战的。"

"是呀。"

"虽知天命,还得再争战吧。"

"是呀。"

"然而项羽——"

刘邦举着他的锐利的目光,静然地看着漫漫秋夜点着的灯火之光,并且一半自语似的,徐缓地这样回答:

"所以,是英雄之器哪。"

黄粱梦

芥川龙之介

卢生自想已经死了。眼前黑暗,了孙呜咽的声音,渐渐消散到远方了。在脚的前端,像有眼不能见的秤锤系着似的,身体向下向下地沉下去了。——这样想着,遽然地被什么所惊,不觉把眼睛大大地张开了。

枕畔依然是道士吕翁坐在那里。主人所炊的黍,似乎还没有熟。卢生从青磁的枕上抬起了头,揉着眼睛,打了一个大呵欠。这邯郸的秋日的午后,虽有映照着落叶的树木梢头的日光,仍然薄寒。

"醒了呢!"吕翁啮着胡子,做出了忍着笑的面孔。

"是!"

"见了梦吗?"

"见着了。"

"见着了怎样的梦呢?"

"真是很长的梦。起初同清河的崔氏女在一起,觉得她是一个美丽朴质的姑娘。到了翌年,进士的考试得中,授了渭南尉。其后经监察御史、起居舍人知制诰,侥幸得任中书门下平章事,可是因受了谗,在危急将被杀之时,幸而得救了,被发配到驩州,在那里混了五六年吧。后来沉冤得了昭雪,又被召还,授中书令,封了燕国公,那时我想正是福寿之年了,因为儿子有五人,孙子有十几人。"

"后来,又怎样呢?"

"死了,我记得确已过了八十岁!"

吕翁得意地摸他的胡子。

"那样,宠辱之道,穷达之运,应该尝过来了。那是很好的,所谓生,和你所做的梦,没有几多的差异。于此,你的人生的执着与热,也就醒了吧!得丧之理,生死之情,由此看来,原是无聊的。——不是这样吗?"

卢生凝然地闻着吕翁的话,当对手确切地询问时,便抬起青年似的颜面,闪着眼光,这样说:

"因为这是做梦,我还想生,如那梦的觉醒似的,这梦觉醒之时,就要来吧!直到其时之到来,我还想'真挚地生活了'似的生存。你不作如此想吗?"

吕翁颦蹙着脸,也不答是,也不答否。

母　性

加藤武雄

在小学三年的教室里,正是上修身课的时间。出于什么动机,已经忘记了,我发了下面的质问。

"肚皮里面有什么东西,你们知道吗?"

"知道的,知道的!"孩子们的口里都这样叫了。

我一个一个地叫他们回答。

"里面有吃下去的东西!"

"里面有胃袋!"

"里面有肠!"

他们就是这样地回答我,大概他们的知识,就只尽于此了。

"除了这些以外,肚皮里面还有什么东西,有知道的人吗?"

最后我这样发问时,举起手来的,只有一个人。那是在女学生的席次里面,头上的红缎带发光的,名叫 A 的女孩子。在 A 的脸上,微微地现出别人不晓得,只有自己晓得的得意之色。

"A 君,你说说看!"

A子立起来了,并且稍稍偏着头,向上看着我,动着下颚,好似说了什么话的样子,脸上涨得绯红的。可是说的什么,我的耳朵却没有听着。

"听不见,再说一遍看。"

A子又动了一次下颚,而且脸上又涨红了一次,可是她的话依然听不见。

"再大声地说——"

"呃——"A子鼓起了最后的勇气似的说出来了。

"里面有婴孩!"

"有婴孩吗?"我不觉微笑了。因为我的微笑,更使得A子的脸涨红了。几乎红到耳根的A子,在接着发出来的别的生徒的笑声里面,她呆然立着不动了。那个时候的A子的模样,我看见她有了成年女子所有的一种娇羞,同时又看见了在妇人所不可得见的,一种神圣而严肃的——用奇妙的话说——娇羞。

今天在电车里,我看见一个抱着刚生下来的小孩的年青太太。这位太太,使我回想到十几年前这一段小小的插话(Episode)。到了现在,A子一定有了一两个孩子了吧。而且她以她的身体去证实了那时她所回答的深深的真实了吧。这样想起来,我感着了一种光明的喜悦了。

巡礼者的歌

岛崎藤村

背着乳儿的妇人巡礼者,站立在我家的门前。

在寒空里,可以望见初冬似的云,一眼看去,以为全是水,也可说是水线的群集。白而冷的透明的尖端,像针一样。到了这样的云出现时,一天比一天地增加寒气了。

想起来到山上的我们的生活,这穿着旧衫,裹着腿绊,征尘满身的女乞食者的姿态,也牵惹我们的心。巡礼者摇着铃,以哀声唱着巡礼的歌。我和我家中的人听了这女性的歌调之后,我便拿五分的铜币给她,问道:"你从哪里来的?"

"从伊势来。"

"好远的地方呀。"

"我们乡里的人,都像我这样地飘流。"

"你打从哪条路来的?"

"我经过越后路到长野,走过了许多地方。冷天就来了,我须到和暖一点的地方去。"

我吩咐家中的用人拿柿子给她,那妇人把柿子包在包袱里面,连用人她都向她道谢,这才冷瑟瑟地颤抖着走了。

在夏天的时候看太阳,似乎是更向南下沉。每当在我家门外看初冬的落日,我便想起了"浮云似故丘"的古诗。近旁的枯了的林梢,看去好像较远处的蓼科山还高些。从近处的人家的屋脊间眺望着时,太阳好像沉到树林里去了。

雪之日

志贺直哉

二月八日。

从正午起霏霏地降了雪花。

前几天说想看我孙子的雪的K君，恰适此时来住在我家，真算巧了。

在我呢，若是降雪，便有不能够安静住在家里的癖。这天女仆应该到市上去，我便接受了她的职务，同K君一起出外，妻拿了赤城制造的"背笼"出来，K君替我拿着走。

在赴市集的途上，有R君的家。因为R君的大儿子患感冒，便顺便去看看。孩子已经复元了，因为顽皮受了叱骂，将那泪痕未干的可笑的脸看着我们。和R君告别后，便向市集走去。

我们特意绕路，走向铁道那边去。雪降落在干燥的地方，便先从一边堆积起来。屋顶、路上、树上、竹薮、田圃、铁道线、枕木上，都渐渐地变了白色了。

在我们的胸际，不觉有快活的心情往来。外边的无论哪一角，看去都尽是有趣的。于雪也有情绪,平时被忘了的情绪都涌现出来,这使我们快乐。

到了车站前的点心铺,买了妻托买的点心。八日这一天,是去年夏天生下地来过了三十七天就死了的直康的忌日。壁上挂着的日历有了脱页,一星期前就现出了今天的八日。家里没有女仆,妻长久没有到墓上去了,无意中忽然现出了忌日,不觉有了迷信的心情了。出门时妻向我说起这事,叫我不拘什么都好,买些点心回来作供,恰巧有了桧叶形的烧馒头,这种馒头平时是不做的,现在恰巧做了出来,觉得多少有了一点因缘的臭味。我全把它买了,走出店外。在车站的入口处,有怯寒似的三个人,站在那里看雪。

我托K君去买牛肉,自己到鱼铺去,买好了鱼,等着K君来。

卖鱼的人对于流行感冒说了一大套,说饮酒的和常常吃美食的人即使患了这病也决不会死的,惟有粗食的、激烈地劳动身体的人患了就得死。我老老实实地听他说。

K君被雪风吹着,从对面弯着腰快步走来了,我就离了鱼铺的檐下。

到炭铺去,本来只叫买两篓的,我却任意订好了四篓。这样的日子,这种东西多一点,心里才觉得好过。

到米店去,推开低的纸扉,三造的老婆坐在店头,她的脚下,家里的耶斯(小狗名)在那里,我买了米。

"听说M君的老媪死了呢。"我说时,三造的老婆行着礼道:

"是……"大约一星期前,患了流行感冒死了的。她是替M君看守别庄的,从越后来的女人。我听人说她是三造老婆的好友,已经很衰老了。

"耶斯,不来吗?"说时,耶斯稍有点迷惑,终于跟着走来了。

顺便走到邮局去,目的物的邮件还没有来。

又到青菜铺去买了橘子和苹果。

从市上走进田圃道,约有四十分钟光景,雪已经积得很厚了。

顺便走到柳君家去。客室有披霞娜的声音,K子君正教着从东京来的弟子的歌。与正屋隔离的书斋里,柳君生着煤油火炉取暖,正在那里用功。

柳君说,今天尼琪君要来的。

不久间,教好了琴的K子君进来了。说是弟子带的有东西来,留吃夜饭。

因为有各色的包裹,我一个人总得回来转一转。

雪正密密地降着。离开书斋,走下窄狭的陡坡,出了田圃道。池沼的那边,像染了薄墨似的,平时看得见的对面,全然看不见了。沼边的枯葭的穗戴着雪。从薄墨的背景里,显然地漂浮着。在葭苇之间,积着雪的细长的渡舟横在那里,真的像图画一样。东洋的优异的墨绘,实能确切地捆住这种印象,而能用强有力的效果把它表现出来,我更是感服。不但是印象,连由此而起的我们的精神的踊跃也捆住,这一点实在可惊。自己对于眼前的这景色,想要离开它们的表现以外,觉得无论如何都不行。

在家里,妻和四岁的留女子正等待着,我和她在温暖的房里玩了一会。

同桥本一起上京去,我想今天未必能回来的 F 君,把肩巾从头上盖了下来,一个人回来了。他说桥本君到柳君家里去了。

过了一会,我穿了长靴又出外,已经日暮了。全无水汽的雪花霏霏地降下,从我回来的时候起,又积了不少。

柳君的书斋里,K 君之外,有尼琪君和桥本君。在微暗里,煤油火炉的火光,透过炉上的云母窗,向着这窗的东西,红红的,幸福似的被照着。

前几天柳君放在我那里的武者小路君的《一个青年的梦》的英译本的一部分,我带来还他,谈论关于发表这稿的方法。柳君说俟完全译好时,出单行本最好。尼琪说把译好的一部分,借普通的杂志普遍地介绍一下,是译者的希望。结局决定由武者小路君和译者 S 君再好好地去商量。

尼琪大约过了三个月,就要举家回英国去。回国以前,要再开一次陶器展览会,因为目前陈列作品的店太狭小,这一次想在三越吴服店举行,他把这事和柳君商谈。

"怎么样,你以为怎样呢?"尼琪君说。

"别的没有什么好地方,是没有法子的。"柳君回答。

"唔。"

"可是,房间的布置和物品的陈设等,非你不行。"

"可不是,不是这样,我也不高兴的。"

尼琪君将要回国,他想要知道的事物似乎还有许多。

柳君劝他务必到朝鲜京城的李王家博物馆去看看。

"这是我很想看的,也想看看朝鲜的风景,在那里还想看看别的。"

谈到用来制我自己的书的封面里页的纸,是柳君特意到朝鲜去带来的;又提到桥本君的父亲要出画集,搜集了日本各色的生纸的样本。尼琪君便说为要 Etching 的缘故,想看看那些纸。桥本答应尽早送来。

"为我的事麻烦,对不住。"尼琪君对在座的这样说,他又把他出发后对于"陶器"的处置叫柳君设法,柳君要不使尼琪担心,便答应了。

"可是在你是很麻烦的事。"

"不妨,并没有什么,没有什么。"

"……那么,有劳了。"

少顷,晚饭已经端整了,大家都到正屋里去。吃过晚饭,接着就是火车的时间到了,尼琪君便回去了。

饭后,在大火钵里面,烧着熊熊的火,K子君同孩子们一起环坐在火炉的周围,笑谈着。不久间,年小的玄哥睡着了,接着年长的理哥也在柳君的膝上睡着了。

谈到桥本君的原稿里,有英国人费洛罗莎一名,觉得有点可疑,我就说道:

"不是有意大利气味的名字吗?"

"我的确记得是瑞士人。"

"我记得在藤冈君的绘画史里,确乎是英国人。"桥本君说。

"不,没这回事,查一查就知道了。"说时,柳君查桥本君拿来的,论东洋美术的费洛罗莎的遗稿,稿末有他夫人所作的小传。

查着藤冈君著作的桥本君说道:

"有了。美国,波司顿人氏,费洛罗莎……"——柳君道:

"不,那是说诳了,是西班牙人。"他用食指指着字,急急忙忙地读,"的确不错,是西班牙人。"

大家都笑了。谈到桥本君的原稿稍微短一点,于是,就说:

"把这些统给写上去。我以为是英国人,柳氏想他是瑞士人,藤冈作太郎氏以为是美国波司顿人,这样写……"大家笑起来了。

到了九点半钟便告辞,归时拿尺子竖着去量雪,得七寸五分。是希有的轻飘飘的雪。像上等的烧盐似的,一点水汽也没有,松松的。我听着在富山县的某矿山的人说,积到二丈左右的雪里,有风吹来,风在雪里狂舞,把被雪埋着的家屋吹倒。现在的雪,也有那样的情景。

从正面走出广阔的坡径归去。K君说这如电影里的雪,很是高兴。我和K君都穿着橡皮的长靴,只有桥本君穿着木屐,终于用袜子在路上走了。

到了我家的近处,桥本君先跑去了。我们回到家里,在先跑来的桥本君还没有回来,K君大声叫着。不久便回来了。他说不知不觉地走过自己的家了。

留女子拿住桥本君带来的作礼物的画本,还没有睡觉。

桥本君这次带了他父亲素画集的样本的一部分回来。墨绘、铅笔画,各种的感触,非常地能够表现出来,我以为印刷也很优良。尤其是桥本君的画,据说把原画放在一旁,一张一张地印刷之后,和原画比较。印刷时很苦恼,一张一张,需要不断地 Delicate 地注意。

我们希望这一册素画集的出版,在各方面精美地成功。

桥本君除此之外,又带了法隆寺大镜的金堂壁画的一部[分]来。这不消说的,也可惊异的。每逢看见宏奂的物件时,辄觉得那宏奂又增加了些。

换替的沐浴了,我们又谈了一会,约好明天远足到布施的辨天。

到了十二时,桥本君和 F 君回到上手的家中去了。后来我和 K 君两个人又谈了一阵。

K 君就床后,我开始做每天决定的工作了。

时时开窗外视,雪已住了,星出现了。借洋灯光去看,积在阶前梅枝上的雪非常的美丽。

[译者注]本文内的柳君,按:柳宗悦君,柳君在《白桦》上曾发表他研究朝鲜美术的文字。

侏儒的话

芥川龙之介

征候

恋爱的征候之一,就是想她在过去爱过什么男子,或是她爱什么样的男子,漠然地对于这个架空的男子,感着嫉妒。

又

又恋爱的征候之一,对于发现与她相似的容貌,极度的锐敏。

恋爱与死

使人想到恋爱之死,有进化论的根据也未可知。蜘蛛与蜂在交尾终了后,忽地雄的被雌的刺杀了。我看意大利的旅行歌剧团演《嘉尔曼》时,不觉对于嘉尔曼的一举一动,感着是蜂。

替身

我们因为要爱她,往往用她以外的女人作为替身。陷于这样的情势,也未必是限于她拒绝我们的时候。我们有时因为怯懦,有时因为美的要求,不难用一个女人,作为残酷的慰安之对手。

结婚

结婚调节性欲是有效的,然而调节恋爱是无效。

多忙

从恋爱里救出我们的,与其用理性,毋宁多忙。为要使恋爱完全可行,较之什么都不可不有时间。试看维特、罗米欧、崔尼斯坦——古来的恋人,他们都是闲人。

男子

男子由来尊重工作,较之恋爱。如有疑惑这个事实的,就读巴尔扎克的书翰便好。巴尔扎克写给韩司卡伯爵夫人的书里说:"如将此信换算稿费,则超过若干法郎了。"

他们

我对于他们夫妇间没有爱而相抱着度日,实在惊叹,他们却不知怎地惊叹恋人同志之相抱以死。

礼法

某女学生她对我的朋友问这样的事:

"究竟在亲吻时是闭着眼睛的呢?或是开着的呢?"

所有的女学校的教课之中,没有关于恋爱的礼法,我也同这个女生一样,很以为遗憾的。

琐事

因为使人生幸福,不可不爱日常的琐事,云的光、竹的战栗、雀群的声音、行人的容貌——在所有的日常琐事之中,感着无上的甘露味。

为要使人生幸福吗?——可是爱琐事便不能不为琐事而苦痛。跃进庭前古池中的蛙,破了百年的愁吧!然而跃出了古池的蛙,将给予百年的愁也未可知。芭蕉[注]的一生,是享乐的一生,同时在谁的眼中,也是受苦的一生。我们为要微妙地去悦乐,又不能不微妙地去吃苦。

因为使人生幸福,不能不为日常的琐事所苦。云的光、竹的战栗、雀群的声音、行人的容貌,在所有的日常琐事之中,不能不感着堕地狱的苦痛。

[译者注]松尾芭蕉是日本著名的俳谐作家。"青蛙跃进了古池,水的音!"为芭蕉的名句。

幼儿

我们究竟为什么爱年幼的孩子呢?理由的一半,至少是没有被年幼的孩子欺骗的忧虑。

又

公布我们的恬然与愚拙而不以为耻的,只有对于年幼的孩子之时吧——或者是对于犬猫之时。

蟆

最美的石竹色,的确是蟆的舌之色。

鸦

我在某雪霁的薄暮,见了栖在邻家的尾根上的纯黑的鸦。

文章

在文章里的言语,较之在辞书中时,不可不加增其美丽。

赌博

偶然——即与神斗的事,常充满神秘的威严。赌博者也不出此例。

诸君

诸君恐怕青年为了艺术而堕落,可是先请放心吧,他们不像诸君的那般容易堕落的。

又

诸君恐怕艺术之毒害国民,可是先请放心吧,至少毒害诸君的,艺术是绝对的不可能的。毒害不理解二千年来艺术的魔力的诸君?

艺术

艺术也同女人是一样的,因为要看去美丽,便不能不被一时代的精神之氛围气或是"流行"所包围了。

天才

所谓天才,只与我们相隔一步的。在当时代,常不理解这一步即是千里;后代则对于此千里是一步而盲目。在当时代,因此便杀了天才;在后代,却因此而于天才之前焚着香。

经验

仅依靠经验的,就如同不思考消化力而仅依靠食物一样。同时不靠经验仅靠能力的,也同不思考食物仅靠消化力一样。

艺术家的幸福

最幸福的艺术家,是在晚年获名的艺术家。这么一想,国木田独步也未必会是不幸的艺术家了。

答案

的确的,我是小学校的二三年级生的时候,我们的先生,将旧而粗的纸分给我们,叫我们在纸上写出:"你以为可爱的东西","你以为美丽的东西"。我写象是"可爱的",云是"美丽的",这在我确乎是真确的。不幸我的答案没有中先生的意。

"云之类的东西哪里美?象不过大就是了!"

先生这样地困窘我以后,在我的答案上,画了×的记号。

病中杂记

1. 我的身体本来不是很强健的,尤其在这三四年来,更倾脆弱。其原因之一,明明是妄吸卷烟所致。我在学校的寄宿舍里时,同室的藤野滋君嘲笑我说:"你既学文科怎的连烟草的味儿也不知吗?"我如今是过于知道了卷烟的味儿了,反将实行戒烟。如叫当年的藤野君看见,对于我的进步之长足,不能不表多少的敬意。因曰,藤野君者,彼夭折之明治俳人藤野古白之弟是也。

2. 第一封来信说:"舍了社会主义好呢? 背叛父亲好呢? 究竟怎样才好?"第二封信说:"原稿烦速即写就!"第三封信说:"我已借了你的名字,去攻击了××××氏了。因为我想,用我们这种无名作家的名字是没有效的,真的对不起了!"写第三封信的,是什么地方的谁某,在我是全不知道的人也。我一面要看这样的信,饮着牦牛儿(治筋骨痛的药),想安静地养生,不眠症之不愈,倒是当然的了。

3. 我的日课之一,就是散步。徘徊于藤木川畔,孟宗黄,梅花白,春风拂面,偶然见路旁的大石上停着一匹苍蝇。在家中的庭里见着蝇,记得是每年五月初旬,我茫然地看守着这蝇多时,我的病体到了五月,果能复旧吗?

接吻

爱犬故事

加藤武雄

我家有两匹犬，一匹是在黑色里夹着白色细斑，成为黑芝麻与盐混杂的颜色，所以叫它做小花；一匹带赤色，叫它做小红。两匹都是耸然立着耳朵的驯犬，背脊得长有四五尺，要算是无伦的大犬了。

听说是兄在小孩的时候，从什么地方得来的，兄非常爱着这两匹犬，我也和它们十分的要好。我的幼年时代、少年时代的唯一的好友，说是这小红与小花，也是可以的。——我不知道我的生母的容颜，我的母亲是继母。母亲不是格外地爱我，也并非格外地憎我，总之是一个严格而乏情趣的人。父亲是重病之身，只是一位躲在仓库的楼上耽读古书的人罢了。我从父亲那里，也不能充分地领受慈亲的爱情。我岑寂地养育于空洞旧式大家的、薄暗的空气之中。胆怯怕见生人的我，也并不到外面去寻求友伴。只消睎睎地吹唇作响，便摇着尾巴，无论到哪里都跟着去的这忠实的两匹犬——只有这是我的伴侣，并且，这样我就心满意足了。我也和它们打架，以它们做角力的对手；也跨在它们的背上，当作马骑，尽兴地平和地同它们嬉戏着过日子。

"哥儿,不行的!有狗的臭味。"

侍女们常常这样地说了。

比我早生出来两三年的它们,纵说已经是很老的犬也行的,而且充分地具有老犬般的威容和智慧。它们的强健与伶俐,为我的无二的矜持。将包着写好的字条和钱,系在头上,打了暗号,它们便会跑到一里以外的市上的杂货店去,能够毫无差错地买了东西回来。即是有人想夺取钱和物件,它们就剥着牙齿,飞扑过去,也就没有人敢去触它们,因此,与其差轻妄的用人,倒是用它们靠得住了。

只要嗅着点奇怪的风色,它们就放声吼起来,声音是差不多响遍全村般得、激烈得高。"今晚酒店——这是我家从前就有的家号——的狗在吠哪,好像有什么格斗,当心些!"这般得家家户户互相惊异。不单是我家的,也当作全村的看守者,它们也被村里所爱重了。

小花这匹是比较的和顺,小红是非常的剽悍,咬了人的事也不算少。有一次曾经咬过强卖的乞丐,据说被犬咬过的创,涂上黑砂糖可以奏效,所以除在乞丐的足胫上,拍拍地给他敷上了黑砂糖之外,又给他五角一块的银币,这才答应收下,这样的事,也曾有过的。

我刚进了小学校,它们就护卫这初与世间接触的小主人出外似的,或跟在身后,或跑在前面,一直跟到学校。我在学校的门口,张望着周围——

"喂!该回去了,回去!"

这样小声地叫着,它们虽然已经和顺地回去,却不知怎的又在中途折了回来,在课堂的窗下,咚咚地用鼻叫的事也有。我知道了,便忖度将被先生斥责吧,又怕在散课后它们要被高级的孩子们提弄,心里纷乱极了。

"喂,这是哪里来的狗!"

"好大的家伙!"

先生虽然没有什么斥责,可是到了照例的散课时间,高级生们就走近它们的周围来了。在早是恐怕,既而习惯了,就来拉耳朵,或是掷石子了。而且它们在人丛里看着了我,就抬起头来,要吠叫似的,悄然地摇着尾巴。好像是辨别了处所的不同,谦让着的样子,可是在我便不能忍受似的困窘了。我不管大众——

"该回去了!回去!"

睨视着它们说了,又举起手来打了暗号,它们终于听了我的话回去了。

我大约是在初等小学三年级的时候,我在兄的书箱的奥里,看见了一本叫作《小国民》的旧杂志,无意地翻着书页的时候,有题名《爱犬故事》的一篇文章触了我的眼帘,这是兄所作的。在投稿栏中,用六号铅字排成的这篇文章,我热心地把它读了几遍。

"小红与小花是我的爱犬的名字。"这样的起头,是把关于两匹犬的各样的事写作而成的。依然把犬跟着到学校,赶也赶不回去,因而困窘的事哪;把自己的饭盒里的饭分给它们而被先生斥责的事哪;它们看守自己,防备强暴的朋友们的事哪,兄将同我自己的地位一般无二的心情与状态都描写出来了。还有,写到那小红咬了人,母亲严厉地盼咐把小红舍了因而困窘；小花有两三天不在家中，忧虑充塞胸中因而到村中各处搜觅的地方，不觉使我的眼中含着眼泪了。在那篇文章里，兄的柔弱的气质、养育于继母之手的感伤的少年的心情，都充分地说出来，并且是和我的气质与心情，毫无间隙地贴合着的。

——呃，以上算是本文的楔子。我的《爱犬故事》，应该改用上面的一句，作为起头了。

"小红与小花，是兄的，而且是我的——岑寂的两兄弟的爱犬的名字。"

我在十一岁之时，得了一位美貌的阿嫂，兄虽是不过十八岁，可是长子早婚，是我的家的风，又因为父亲是病身，兄不能不早一天娶亲，使家主的地位稳固。那时，我家虽是已经很衰落，然而结婚的仪式，是颇盛大地举行着，越过那连着我家的后山的小山脉，来了新嫁娘，行列的灯，从后山的山顶接连到山麓，差不多把全村照得通明了。阿嫂是一位鬓毛多的细长面孔的，虽是荏柔而貌美的人，较兄长一岁，正是十九岁。

貌美而和蔼的阿嫂！这是怎样的使我欣悦，使我矜持的事呵！在仅有患病的父亲，与冷酷的继母，与无论何时都阴沉沉的兄的这样的家庭——虽然用人也有三四个——我因为有阿嫂，才俄然地觉得光明而快活起来了。

羞涩的我，到了亲亲热热地叫着阿嫂的地步，虽是费了时日，可是只要一见着阿嫂含着微笑的和蔼的眼睛，在我的心中便要歌唱出什么来了。

阿嫂也很爱怜我,我们二人较之同胞姊弟,更是要好的姊弟。

兄是忧郁而极少说话的人。兄和阿嫂说着话,一次也没有看见过。即使阿嫂有什么事同兄说话,兄连回答也没有一句,兄不知怎的似乎有躲避阿嫂的样子。

"阿哥真是异样的人呢!"阿嫂寂寞地笑着,向我细语的事,也曾有的。阿嫂虽然不是十分喜欢多说话的人,可是和我很说了各样的话。

"在我,如果还活着的话,也有恰好和芳之助君同年的弟弟,那岂不是好吗?芳雄是他的名字,也是和你一样地叫做芳哥儿呢!所以我——"这样的话,阿嫂常常说起的。

我现在还能够记得。那时我在学校里,我想要一个如某人所有的,装笔尖和橡皮的小箱,因此寻了一个牙粉盒来,正在用尽力气地把盒上的字纸剥去。阿嫂说:"这种盒子不好,芳哥儿!我去找一个来给你。"她从新衣橱的抽斗里,拿出了一个灿烂的漆着花卉的小箱来——

"因为我没有什么用处。"说时,就送给我了。那是盛弹琴用的套甲的箱,拿来供我的这样的用途,真是过于暴殄了。我虽是谦让着不受,阿嫂不听,无论如何要送给我。我熟思以后,就拿到兄的那里去,试去问他看看。

"因为不是我的东西,来问也是无法的。——不过,既然说是给你的,你就收下了吧。"兄虽是用平时的冷淡的语调说着,可是在他的脸上,有好像微笑或是柔和的表情,于是我便安安心心地领受了。那美丽的小箱,成了学校同伴的惊异的目标,是不用说的了。大家都拿在手里看——这是怎的？这样问了。甚至于先生也问,你怎的有这样的东西呢？我便得意洋洋地快活地答道：

"阿嫂送给我的!"

爱怜我的阿嫂,也非常爱我所爱的小红与小花,它们得了美貌的女主人,一定是快乐的。不久它们就驯服于阿嫂了,似乎已经懂得她的说话了。

"小花！小花！叫一声汪汪！"

阿嫂蹲在廊下,拿果饼的断片,送到它的鼻尖,于是小花就媚人似的,呜呜地呻着,既而奋然地"汪"地叫了。阿嫂像弹出去似的跑开了——

"吗咿！真的吃惊了！"这样地,使人看见她有多少的夸张的表情,于是又"哈,哈,哈"地、艳然地发笑了。当着这时——

"你们两人嚷着什么？"说了这样的话,微笑着,兄走出来了。

"真是大犬呢！这样的犬无论哪里都没有的。"阿嫂既不是对我,也不是对兄的这样说了。

"小红那家伙,近来柔弱了。只有这匹是很强健的哪！"兄并不是向着哪一个,这样说。

"可是,小红真的还强呢！芳哥儿！"

"这匹昨天又像打过架来了。"

一切都没有像他们二人的对话的奇妙了。兄与阿嫂决没有从正面打过招呼的,只不过用横颜互相向着。可是,我想,在那错综着的对话之中，很能够感着从新结合的夫妇间的顾虑与羞涩中所渗透出来的爱情了。于是，不知不觉的，我一变而为非常欣悦的心情，向二人交互地说话了，而且觉得二人较之平时似乎用心听着我的话了。被这意识支持着，我就一个人滔滔不休地说话了。

——然而，不久间，阿嫂隐在暗处啜泣的日月便来了。如像我在前文说过的，母亲是很严格的，就在村里，说起了"酒店里的太太"，是大家都忌惮的人，她同世间的许多阿婆同样，对于媳妇就很作难了。并且，那时我家的生活，虽是缩到了从前的十分之一，可是因为是旧家，事体仍然很多，出入也繁，阿嫂很是劳碌了。一面要讨冷酷的阿婆的好，又要做处理繁忙的家事的帮手，这在当作"大小姐"养大的阿嫂，未免是心稚体弱了。不久之间，看去眼睛凹下，人也消瘦了，美丽面庞的颜色，渐渐趋于黝黑憔悴的阿嫂，我对于她，是不能忍耐地伤怜起来了。而且，一点体贴也没有的母亲的冷酷的眼色，和狠狠地说话的语调，我想是无上的可憎的了。

"阿哥要说点什么话安慰她才好。"

我见着那缠着红布的带油腻的发根摇动着的丸髻（日本女子出嫁后所梳的发髻——译者注）微微地颤抖，靠着杂物间门口的柱头，用袖子掩着脸啜泣的阿嫂，我便起了泫然的心情了。兄无论何时见着了只装做未见的样子，做出"非俺所知"的样子，虽是阴暗的人，似乎特意对于阿嫂是那样。这般的兄的态度，在我是决不能默然了。

有一晚上，母亲和兄在吃饭间谈论什么，被我偷听了。

"如果你不说几句，那就为难了。父亲是那样地一概不管，说话就只轮到我,不能只叫我一个人说,你也得说几句——"母亲用愤愤的语调说了。

"这些事一概任凭母亲的。"

"任凭我就为难了。既然是个男子,不教训妻子,这算什么?——真正,像她那样子,我也办不了。只要我说一个字,就呜呜地哭了。好像单是我严酷,有意捉弄——真的,我也厌倦了。"

"所以,既然这样不中意,或是叫她出去,或是叫她怎样,岂不好吗?"

兄的是不似平时的愤怒的声音。

"又不是一条狗,不是轻易可以赶出赶进的呀!"

"可是,既然不中意,除了这么办,有什么法子呢?"兄冷笑似的说了。

"这样办好吗?你!"母亲决然说了。

"好也罢,坏也罢,并不是我说要给我讨来的,原是你的意思讨的,不是吗?总之,随你的意思去办好了。"兄似乎激然地愤慨了,那声音里,连眼泪也带着了。并且匆遽地站起身来,走到隔壁的房间里去了。

无论谁怎样说,是不许放她回去的,我不放她回去!听着了这一席话的我,一个人在肚里这样地叫了。兄是怎样的无用呀——无责任心呀!我对于母亲的所为与兄的态度,觉得是忿怒得不可忍耐了。

阿嫂是常常回娘家去的。在起初的时候,虽是那样,似乎没有唠叨地被说什么。因为在讨进门之前有约,大约两个月一次、三个月两次的比例,许可归宁留宿一夜。被允许归宁的那天,在阿嫂是较之任何都喜悦的一日。我也常常陪伴她去。到阿嫂的家里去,要越过与后山连接的两座山坡,因此在妇人小孩的脚,是很吃力的了。阿嫂从高高的系着的衣服底下,露出了华美的里衣的裾,穿着系有红色的绦的草履出门了。险峻的陡坡上下接连着,其中也有高高的草盖没了肩膀的地方,阿嫂一点也没有痛苦的神色,匆匆地赶路,我也用不肯示弱的神气跟着走。有时小花和小红也跟着来了,在越过一座山坡的地方——那里的树荫下,有清泉涌出,我们平时在那里歇气——才叫它们回家去了。

离家时大抵是在正午过后,越过了第二座山坡的时候,常是日色向暮了。同我们一起从山上下来的暮色,笼罩四野;村里的灯,在糊粉色的夕霭里,两两三三,闪闪地燃着了。在凝听着拍拍作响的渐次前进的草履声的夕暮的静寂之中,已经完全倦了的二人,一声不响地赶路。下完了山丘的斜面,走过磨房的边旁,有一座栏杆粉作白色的桥。来到了那桥上,阿嫂吐了一口气——

"哈,哈,快要到了!"说时,微笑着看我,这乃是常事。过了那桥,再往前行,就到白色的连接着的大道了,那就是从南方到邻县去相接的街道,因为那时还没有火车,所以走过的人是很多的。街的两侧,有一幢一幢的人家并排着,马车的驿站等等也有的。在明亮的店前,旅客成群地嚷着,流过店前的沟中,有秣桶二三浸着,在轿式马车停着的夕暗的路上,鹅鸟两三只浮着白色的影。

"呀!贞姑娘!回来了吗!"街口的老板娘照常地从大门内这样

叫了。

"母亲已经久等了！——呀！哥儿也同来了！"

从那街口再走两三町,在街的两侧各有五间明亮的店家并排着,好像有点像驿站的形式。在那中途,有一所有楼的大旅馆,从前面到右侧的宽广的屋里都点得明亮亮的——那就是阿嫂的家了。

"呀！阿贞！"

"哈！贞姑娘！"之类的,口口声声地叫着,大家都集拢在二人的周围。同阿嫂并排着倦然地坐在入口的阶段上的我,因为这突然的光亮和热闹,茫然无所措了。在一切纷乱着的炫然的眼前,阿嫂的母亲的莞尔的容貌渐渐现出的时候——

"呀,芳哥儿,辛苦了！浴汤烧好了,请吧！"

那莞尔的容貌这样说了。阿嫂的母亲是一个白色肥胖的,而在柔和的眼里始终湛着微笑的,缓缓地爱说话的人。觉得敷着白粉的许多女仆们,大家都从心底地欢迎我们。

从柜台的背后穿过去,被引到家中人所住的几处房间里去。和喧嚣的店面完全分离,使人想起他们的,从昔以来的沉着的生活之静寂,庄然地休止在那里。

"唉,真的倦了呢,我想天晚就为难,所以和芳哥儿拼命地赶来了。"阿嫂显现着出浴后的爽快的容颜,倒下似的坐在我的旁边——

"劳累了呢！芳哥儿！肚子饿了吧。妈！快点给饭吃哪,我的肚子也饿了呢！"她这样放娇似的向母亲说了。

"是,是的,就来了。哈,先用一点果饼好吗？"母亲也莞尔地笑了。

"妈！芳哥儿真能干呢,他说无论遇着什么,只要有他跟着就不妨了。同芳哥儿在一起,即是天晚了也是不怕的,对吗!"阿嫂用说笑的语调,笑着对我这样说了。我也赧然地羞涩起来了。我的心里,被那回来住在自己家里,连魂也变过了似的阿嫂的快活言语举动所惊了。

"真的,男人家是快乐的,芳哥儿有几岁了?"

"十三——对吗?"阿嫂答了。

这其间,在店里偷了暇,阿嫂的父亲也来了。阿嫂的兄名叫清三的人也来了。掌柜的女仆们也交互着前来问候。吃饭间里,开满了言语之花。既而——

"怎样的,这一晌?"母亲稍稍地改变了语调问话的时候,阿嫂像靠背落了似的,全然爽失了。而且不知何时,连眼中也含着眼泪了。

后来阿嫂和母亲了讲些什么话呢？我因为照常地比阿嫂早睡所以不知,只是,我偶然醒来,常常听着似乎还未睡觉,在隔壁房里啜泣的声音。

"唉！真的为难啊!"仿佛是从阿嫂的父亲的腹底出来的大声的叹息,我也听着了。拍烟管的声音仆仆然的,同那悄悄地碎语的母亲声音连系着,阿嫂的啜泣,渐次高扬了。——我起了辛辣的悲哀的心情,而且,无论到什么时候,总睡不着了。

然而,到了次日,不觉精神又复元了。阿嫂虽是慢吞吞地打算回去,终于没有去成的事也是有的。

"呃,今天不回去是不行的了。——并且芳之助君还要上学校呢。"母亲嫌着似的说了。

"是的。"阿嫂的眼里湛着眼泪,用指尖弄着在那不按礼节坐着的膝上的丝带,凝然地现出了深思的模样。既而向我看着——

"真的对不起了,对于芳哥儿也——"又说:

"可是,连芳哥儿也可怜呢,遇着那样的母亲。我不再回去了,芳哥儿不如做了这边的孩子吧,不肯吗?"阿嫂说出不能辨别是说笑或是真实的话了。

"阿贞!"母亲露出可怕的颜色了。"你说的是什么话?——真是这孩子长到这么大,还是不老到。"

这样说过,便向我看的母亲的脸上,可以看出对于我有了一种的警戒心了。也许是怕我把阿嫂所说的话照直去告诉家中的母亲吧——其实,在我也同阿嫂所说的一样,"那样的母亲"是可厌的。我想如果得做了阿嫂的弟弟,留在这样的家庭,再好是没有的了。我对于阿嫂的母亲态度,却置之度外了。可是,在我的眼中,那时,兄的姿首——我们离家的时候,在那后门口彳亍着默默无语悄然送我们的兄的寂寞的容颜,又浮现出来了。

受了母亲的嫌,被父亲同兄督斥激励着,阿嫂不情愿地出发了。名叫荣作爷的老仆,虽然有时也把从阿嫂的母亲送给家中母亲的土产的包裹背在背上同行,可是单是我们两人回去的时候多些。阿嫂的母亲并没有开心到这些事的上面,好像不须送迎似的,特为叫芳之助做了陪伴,此外就没有附添什么特意送我们回去的人的必要了。

自己的女儿,不过宝贵到这样吗?——家中的母亲是一个不难这样说话的人。阿嫂的母亲是一定送到桥上的,在桥头,三言两语,讲了忘记说的话——

"那么,一路当心吧。天晚是不行的,要赶紧些,芳之助君!再见了!"推着难舍的阿嫂前行似的,她自己先回转身子走了。于是阿嫂才慢吞吞地走路。她离我家时是怎样的勇气呀!而回转去时怎样的无力呢!阿嫂掉头回去,母亲好像又走回来几步吧,立在桥畔,永久地用目送我们。

那一天因为出发迟了,越过一座山坡时,太阳已经向晚了。我的心里担着心事,阿嫂却一点也不着急,两人默默地走路。我时时回头去看,阿嫂的含泪的眼睛只是看着脚下,深深地思想着什么,一面在走路。

晚风起了,高高的路旁的草,窣窣作响。眼睛下的山间的杉林,紫红的色已经变深了,看去默默然矗立着。从谷那边升上来的暮色,同寒冷的山气冷然地压到身上来。举眼一看,眼前的残留的光明的晚空里,并着肩黝然重叠的诸峰之内,有名叫 T 的大寺院在山上的峰,使我连那峰上有天狗栖着的故事也想起来了,我止不住孤单的闷闷的心情。

第二座山坡越过了一些的时候,从上边不知有什么沙沙地分开草木的声音,起初我想是归家的樵夫或是伐木的人,可是决不是的,只见被分开了的草的动摇,却不见人样的姿态。

"狼?"

我呆住了。这山坡里有狼,虽不知是假是真,可是我听人说过的,万一? 这么一想,我的全身都为战栗贯穿了。阿嫂又张着眼睛,屏息立着不动,两人的手紧紧地互相握着。

草的飒然的声音,渐渐近了。心里想就要到眼前来。"汪,汪"地吠着的,并且飞扑到我们的足前来的——是两匹犬。

"呀,是小红!"

"呀! 小红同小花!"我们同时叫起来了。

"哈,好了。我想,真的,不要是狼或者别的吧——呀,你们来迎接吗?"

阿嫂喘息似的说,屈着身体,交互地抚摸它们的头。它们呜呜地用鼻响着、放娇似的,把脸来擦我们的裾,便在前先跑了。

于是两匹犬在先跑着,走了六丈光景的时候,那里有一块平地,松树之下,有一个对向这边站立着的黑影。我见了就"不知是谁"的疑问,恰在这时,阿嫂抢早地说:

"呀! 不是阿哥吗?"

"是阿哥,是阿哥!"我不觉叫起来了。阿嫂走近兄的旁边——

"来迟了,对不住了。劳你来接吗?"像抱歉似的,放娇似的,而且像痛惜似的,各种各样的感情,笼罩在那稍带战栗,含着眼泪,嗫嚅似的言语之中,即是以我的孩子的心情,也十分能够感动了。

"——来看看山景。"兄对前面的话没有作答,却看着我,好像辩解似的低语——

"我先去了。"这样质朴地说后,就匆匆地走了。脚步快的兄,眼见着,在那草里和已经浓厚的夕霭之中,消失了他的后影了。只有他吹响着的口笛的声音,在晚风里微微地飘着。

小花与小红,或在我们的后面,或在前面走着。我们,心虽是安定了,可是兄为什么那样地一个人先回去呢?我是止不住不平了。兄何以是冷淡到那种地步的人?我不觉对于阿嫂抱歉了。阿嫂跟在我的背后,低着头默然走路。

从此以后,阿嫂有一二次回去,只留宿一夜,就温顺地回来了。可是从第三次起,又变了同从前一样不思归来的阿嫂了。我是喜欢阿嫂的家的,其实我也无论何时都不想回来,然而一想到留宿过了日期,阿嫂又要被我家母亲叱骂的事,又依然警醒了我了。昨天说回去吧,回去吧,阿嫂终于慢吞吞地不想出发了。今天如果不回去——我这么想,靠住店前的柱头,茫然地眺望路上的行人。这时不知何处有两声三声犬吠的声音。那像是小花和小红的吠声,如果不是它们,像那样吠的犬是没有的。我就跑到外面去了。我循着那声音走到桥的对面的磨房边旁去,小红和小花就挨断似的摇着尾巴走来,跳跃在我的左右。见了它们跟在我的后面走进店头的门首,阿嫂就说——

"呀,小红、小花,来得正好呢,来接我的吗?虽只来过两三次,就很记得到这里来的路呢。"说时,交互地抚摸它们的背。小红和小花都规矩地并齐了前脚,张口喘息,等分地凝然眺望着阿嫂和我的脸。

阿嫂决心准备回去了,于是叫两匹犬走在前头,我们便出发了。

"单是小红和小花来吗?"

走过第一座山坡时,阿嫂遽然地,好像老早就想说地低声问我了。我也想,在那里没有听着兄的口笛吗?

后来,阿嫂的逗留延长了三天四天,小红和小花一定要来迎接的。它们,确乎地,只有它们来迎的样子。不知在什么时候跑来的它们,在店前的大门口,规矩地并齐前脚。"呀!我来迎接了,请回去吧!"好像在这样说了。

"哈,你们又来迎接吗?"阿嫂寂寞地笑着,蹲在入口的阶段上,交互地拥抱似的抚摩它们的背。在凝然地看着阿嫂的两匹犬的眼里,有要申诉似的祈求似的哀怨的表情,好像在说,"请回去呀,请回去呀,请回去呀"似的了。阿嫂抚着犬的背,簌簌地落泪了。那眼泪落在粗糙的毛上,成了泪珠,圆圆地掉下。

"芳哥儿,那么,回去吧!"

阿嫂这么说,动手慢慢地准备了。于是二人叫犬走在前面,慢吞吞地翻越那岑寂的山坡了。

有时,即使小红和小花来迎,阿嫂依然不回去的事也有的。

"芳哥儿,我想不再回去了。真的,芳哥儿不是已经做了这里的孩子了吗?"阿嫂用噙着眼泪的眼,凝然地看着我,用断然的语调这样说的事也曾有过的。我不知要怎么回答才好,只是悲哀着,泛滥地流了眼泪而困窘了。

小红和小花甚至到黄昏时也等着的。可是,如果知道了我们无论怎样都不回去了,便也怏怏地归去。然而到了次日的同一个时刻,又一定来迎接的。

"呀,又来了哪!"阿嫂在流泪的脸上,浮着似乎聊以遣愁的微笑,过了一会,就徐缓地——

"我仍旧回去吧。"说时,又动手作回去的准备了。阿嫂的面颊为眼泪濡湿着,赶着寂寞的山路。小红和小花时时关心我们似的,抬起头来看我们,或前或后地走着。走到我家后面的山下时,它们喜悦着叫了两三声,一齐在前先跑了。

我们回来,走到了后门,兄的寂寞的姿首,一定在那近傍可以看见。阿嫂走近那旁边——

"又久住了,对不起了,本想在昨天就回来的——"这样地道罪了。兄瞬然地看了阿嫂的脸。这刹那间互视着的二人的深思的眼色,在我却不能不有所感触了。可是兄除那样而外,什么也不说,用平时的冷淡的模样向着那边——

"喂,小红、小花!"把两匹犬抱在他的蹲着的膝上,仿佛在说"辛苦了,辛苦了"似的——

阿嫂孤单地看着那样子,跨立在后户的门槛上。走进了门槛,在火炉的旁边,母亲的脸——越过眼镜睨然地使眼睛放光的脸——在阴暗的空气之中,像一件物事般地摆在那里。

"呃,回来了吗?以后如果逗留着不回来,单给我把芳之助放回来;又有学校,加以家中是这样的没有人手呢!"

"真真对不起了!"才说了这一句,阿嫂因为要去换衣服,就走进藏衣室去了。

"阿嫂!阿嫂!"

我立在才解了衣带,就那样伏在席子上啜泣的阿嫂的身旁,这样叫了。唉,唉,特意地回来了,为什么阿哥一句话也不向她说呢!我这样想着——

小学校卒业后,我就进了K市的中学的寄宿舍了。在那时,阿嫂似乎已经住惯了,归宁的次数减到三个月一次四个月一次了。代替归宁的,因为继母忽然衰弱,阿嫂不能不服侍翁姑两人的病了。阿嫂不能够只是恋家流泪了。多忙的主妇的生活,好像一点一点地恢复了阿嫂的快活的本性了。

我将进K市寄宿舍去,初离村的时候,小红和小花同着阿嫂到停车驿送我。可是它们都已老了,没有精神了。

冬天归省后再出外,约有两星期,从阿嫂来的信里,告诉我说小红忽然害急病死了。我读了那信,回忆着各样的事,一个人流眼泪了。

归家去一看,小花因为和它的兄弟死别了,它全然衰弱了。畏缩的眼中流出眼粪,毛的光泽也十分变坏了。

虽是如此,我回学校时,也仍然到停车驿来送我。到了翌年的暑假我回家的时候,像已经没有欢迎我回来的精神似的,小花全然衰弱了。在谷仓的厢里,长长地卧着,半开的眼睛昏昏然睡着的事也多。食欲也没有了,虽是拿牛乳牛肉等给它,它连正看也不看一看了。

有一天黄昏——那是,穿过了柿树的枝叶,晚霞辉煌着的黄昏——小花也终于死去了。仿佛像远吠似的一声长叫,就那样冷冰冰的了。

"唉!终于死了吗?"

"终于死了,小花也,小红也——"我以噙着眼泪的眼仰视着阿嫂,用静寂的语调说了。阿嫂把面颊挨着这年春天出世的长子晋一的头,也用噙着泪的眼睛,呆然地注视着小花的死骸——

1919年10月原作

附 记

加藤武雄氏的《爱犬故事》是与《乡愁》齐名的著作,充溢着感伤的色彩;也是加藤氏的乡土艺术的代表作品。此篇曾收入短篇小说集《见梦之日》内。

接　吻

加藤武雄

呃——那么,就说出来好吗?可是,我说的和美沙子君的,有些儿两样呢。

(这样地起了话头,千代子大约说了以下的话。这是有三四个亲密的朋友们聚在一起,说尽了不假思索的各样的话以后,谈锋不觉移到了恋爱哪,异性一类的放恣的话题之时。"就是我,也被男的接过吻的呢。"用这样的语调,美沙子将她在十四岁时,从教会的老牧师——某外国人受了一吻的话说出来了。千代子马上被她所诱,就说:"我也有过呢。""那么,请说出来。"大家逼迫着她,便决然地说出来了。)

我的母亲将我产出,同时就逝世了,我是夺了母亲的命而生出来的不孝之子。

生来就脆弱,兼之没有奶,好像未必能够养成了。可是,这般地养成了一个人,完全是靠阿姊的庇护。我产生时,阿姊十六岁,大约还是女学校的二年生吧。除开她以外,家中没有一个女的帮手,雇用乳母的余裕也没有的,据说因为莫可如何,要交给外人去抚养了,阿姊就说:"托付外人,好不可怜,看她当妈妈的遗念,让我来抚养。"她学校里也不去了,为我的原故,用尽心力,担了母亲的职务。——我是一个很吵闹的,时常是呱呱哭泣的孩子。阿姊的苦心,真是一言难尽。——父亲常常把那时的事,说给我听。

"总还是仅仅十六岁的嫩秧苗,就全然代替了母亲,一会儿牛奶,一会儿尿布,这不是容易的事呀,每天晚上又是夜泣,通宵地抱着喂着——"这一晌父亲醉了时,常常提起了阿姊。并且,自然而然的,在绯红的醉颜上,泪珠簌簌地滚下来。"那时,我也太顽固了,真的,只是叫她一人劳苦,阿千代——你纵然忘了亲恩,阿姊的恩,是不可忘记的。阿姊的……阿静的……"这样地反复说。

真的,夺了母亲的命而生出来的我,又是侵蚀着阿姊的青春而成长的我了。我上了七岁那年的春天,阿姊是二十三龄,便逝世了。从她十六到二十三岁这六七年间,阿姊牺牲了一切——是的,一切都牺牲了,仅是为我的原故,仅当作慈悲深厚的母亲而生存着。并且,我以阿姊之爱怜我,正好放刁;我使性,我执拗,时时使阿姊困窘了。

"千妹,为什么哭?为什么哭?为什么这样不如意呢?"

我过分地哭泣了,淘气了,阿姊即时含着眼泪,到头终于一起呜呜地哭起来了。从早就是那样的吗,或是怎样,虽是不知道,可是到了我渐渐懂事的时候,映在那时我眼中的阿姊,真是一个柔弱而易动情的人。细长的,微带青色,大眼睛,具有岑寂之美的脸,我记得始终濡着眼泪。阿姊不单对于我温柔,也善于侍奉父亲,父亲也十分爱阿姊;然而,父亲时时说了激烈的责言,使阿姊哭泣的事,也曾有过。这样好的阿姊,为什么父亲还要责骂她呢?我的孩子的心里以为父亲是可憎的事,也还记得。

可是这些那些,一切都是茫然如梦似的记忆了。总之,是迢远的往昔之事,并且,我还是刚刚知道一点世情的时候——不错,阿姊当我七岁时,上小学校的前一个月就逝世了。——因此,现在我讲出来的回忆,若不用我现在的心情去补足,便是一个不能成为了然之形的物事——

那是阿姊逝世的前一年,是我六岁那年的,大约冬天的事吧。想起来,那时我确乎是穿着红色的大衣,我由阿姊带着,走到什么地方去。阿姊说一个人去,我便追在后面哭着,使阿姊十分为难,终于使她领我一起去了。我的手被阿姊携着,立在停车场的人丛之中,一个年青的男人家,就走近了阿姊的身边来了。于是,低声地同阿姊讲了两三句话,就看着我这面——

"千代子君,面孔惹人爱呢。"说着,他微笑了。

"无论怎样都不肯留在家里,跟在后面哭着——真是奈何她不得。"

阿姊岑寂地微笑着说了。我是怕见陌生人的小孩,加以先前出门时,在大泣特泣后的不静穆的心情里,对着这样一个陌生的男子,感着无原无故的敌意,便躲在阿姊的身后,紧紧地拉着阿姊的衣袂了。

后来乘进了火车了。大约是二等车吧,乘客不过三四个人。我站在坐垫上,从窗口把头伸出去,正在眺望那奇异的山野景色之时,顷刻间,一变而为欣欣然的快乐的心情,躁急地嬉戏着,嬉戏着,频频地叫着,唱着了。乘了火车离开市街之外,回忆起来,我想大约那时是最初的一次了。

我叫哪唱哪,闹够了以后——

"阿姊!"这样叫时,返身去看阿姊,阿姊莞尔微笑着看我了。既而,不知在什么时候,坐在阿姊身旁的,先前的那个年青的男子——我记得是脸色白的、头发剪成和尚头的人——同样地微笑着,用和顺的眼色看着我了。并且说——

"千代子君,你唱歌唱得很好——真是惹人爱怜的脸。"

"也许像我吧?"阿姊继续笑着,向那男子说。

"很像呢,一模一样的呢,千代子爱阿姊吗?你的阿姊,是个好姊姊。"男子这样说了。我又异样地转到了不如意的心情,默然不语了。既而看见阿姊同那男子脸贴脸的,低声叽咕着说话,便觉得自己成了单另另的独个人了,不知怎的,觉得有了悲哀的忧心的心情,我便嘤嘤地哭起来了。阿姊好像吃惊了似的,把我抱在膝上。

"千妹,为什么哭呢?呀,你哭我不喜欢你了,呃,你哭我不喜欢你了。"照例地用柔和的语调来抚慰我。商人家的姑娘的阿姊,在什么时候都梳着日本式的发髻,我被阿姊抱着时,香料的气味,时时柔和地围绕着我的面颊。

后来,那男子想了种种的方法来抚慰我,拿出点心之类的东西来给我。我当即回复到原来的欣欣然的心情,再眺望着窗外,大声地唱歌了。这其间,我就睡着了,仿佛是靠着阿姊的膝,昏昏然酣眠了。

隔了一会,张开眼睛一看,两个人依然背地地讲着话,却不知怎的,在阿姊的面颊上,几行的眼泪留下了痕迹了。

"唉,虽是这样……虽是这样……"这样地说着,阿姊就呜呜咽咽地哭起来了。那男子不知说些什么,点头好像有了两三次。我见男子的眼里,也依然含着眼泪似的。我从阿姊的衣袂的空隙里,悄悄地把脸伸出去,用模糊的刚只睡起的眼睛,茫然地凝观着,这时不知怎的起了异样的被推压的心情,不能如平素一样地叫"阿姊",不能闹脾气了。

后来,那男子——

"那么,下次再——少陪了!"说时,便立起身来,恰好这时火车已经到了停车场了。立起来的男子,觉察到我已经醒了——

"呃,千代子君,你醒了呢!"说时,急忙走近我这边来,用两腕抱起我,任意地在我的颊上用力接吻,并且——

"可爱的千代子君!再见了!"说毕,就走出车室去了。这男子的举动,过于突然了,我吃了一惊,呱地哭起来,缒紧了阿姊的身子。阿姊说:"嘿,讨厌的人,把千妹的面庞弄得这样红了。"她说时,用她的嘴唇,轻轻地,不偏不斜地,去触那变红了的地方,低声地笑起来了。可是从那眼睛里面,不知怎的,眼泪不止地流出来了——

(千代子说到了这里,稍稍做出了揣想什么的样子。)

这就是我所受的唯一的接吻了。

(说时,发出低声笑了。可是,不幸的阿姊的回忆,压迫了她的胸,那眼睛里又濡湿着珠泪了。)

阿富的贞操

芥川龙之介

是明治元年五月十四日的正午过后,"官军明日拂晓攻击东睿山的彰义队,凡上野附近的居民,火速退避他处"。——这样布告了的正午过后。下谷町二丁目的杂货店,小池屋政兵卫退避后的家中,厨房角落里的饱壳前面,有一匹大的牡金花猫沉静地蹲在香盒的上面。

紧闭了门户的家中,虽是在正午过后,早就黑暗了,人的声音全然听不着,触着耳鼓的,只是连日的雨声。雨声时时急激地降落在看不见的屋脊上,一会儿却又远远地到空中去了。猫当雨音高响的当儿,把它的琥珀色的眼睛睁得滚圆的。灶也分辨不出的厨房里,这时只看见黯淡的磷光。猫知道除了潇潇的雨音以外,别无什么变化,它依然不动,再将眼睛缩成了一线。

这样地反复了不知几次的时候,猫终于睡着了,不张开眼睛了。雨仍然忽落忽止地降着。申刻以后,在雨音之中,时辰渐渐向晚暮移动了。

既而到了酉刻,猫不知怎的惊骇似的突然睁大了眼睛,同时耳朵也耸起来了。雨比先前落得小了,有往来驰过的抬轿的声音——除此以外,什么也听不着;但在几秒钟的沉默之后,先前黑暗的厨房,不知何时,开始有朦胧的亮光了,塞在狭板间的灶、无盖的水瓶里的水、供灶神的松枝、拉窗的索子——这些物件,一样一样地可以看见了。猫似乎更不安的,一面睨视开了的后户,悄然地立起了它的大的身体。

这时开了后户的——不,不仅开了门,连纸窗也全开了的,是一个像落水老鼠一样的乞丐,他像乌龟一般地先把头伸了进来,用耳朵倾听了这静寂的屋子的情形,有一些工夫。既而张望着没有人在,就那样披着崭新的草席,上面盖着旧的包布,悄悄地进了厨房。猫放平了耳朵,走动两三步,乞丐一点也不惊骇,回过手去关上了纸窗,慢慢地取去了遮着面部的手巾。他的脸上长着髭须,有两三处贴着膏药。脸上虽有污垢,容貌倒是普通的。

"金花,金花!"

乞丐一面挤他头发上的雨水,揩去脸上的雨滴;一面低声叫猫的名字。猫对于这声音,大约是记起了从前听人叫过的吧,把它平冷的耳朵重新耸立起来,它伫立在那里,时时用疑心的眼睛,凝视那人的脸。这时候,脱去了草席的乞丐,就把那连足胫的颜色也分辨不出的泥脚,颓然地盘膝坐在猫的前面。

"金花爷,怎样了?四看都没有人,只有你被他们舍弃在这里了。"

乞丐独自笑着,用肥大的手抚摩猫的头,猫伸起要逃去的腰,却并不逃跑,反而坐在那里,渐渐地把眼睛缩小起来。乞丐止住抚摩,从旧的浴衣的怀里,取出了发光的手枪,并且在不安定的微明之中,检视扳机的式样。在"战斗"的空气漂浮着,没有人气的厨房里,有一个玩弄手枪的乞丐——这确实是有小说风味的珍奇的光景。缩了眼睛的猫,仅圆圆地拱着它的背,好像是知道一切秘密似的,冷然地只是蹲着。

"到了明天,金花爷!枪弹要像雨一般地落到这附近来咯,中了弹的,就没有命。明天纵使怎样地骚扰,你要整天地躲在椽下……"

乞丐一面检视手枪,一面对猫说话。

"我同你相熟已久了,可是今天要分别了,明天在你是难日,在我要死在明天也说不定,即是死不去,也不想同你再去寻觅残肴了。这样你是很欢喜的吧。"

这时雨滴又骚然地发出声音。乌云也像要笼罩着屋瓦似的,渐渐迫近屋脊来了。厨房里较之先前更是幽暗了。乞丐并不抬起头来,好容易把手枪检视完毕,小心地装好了弹药。

"或许你将为我惜别吧,不,据说猫这家伙,要忘三年之恩的,你也是靠不住的,可是这些事随它去吧,只要我不在这里——"

乞丐忽然止住了口,路上好像有人走近后门外面。他藏好手枪,回身过来,这事在他是同时动作的,还有,在外面拍的一声开了后门的纸窗,也是同时动作的。乞丐在咄嗟之间,摆好他的身子,正和闯入的人打了个照面。

这时开了纸窗的人,也许是居先瞧见了乞丐的姿态,受了意外的打击,口里漏出了"呀"的凄惨的叫声。她是一个赤着两足、提着大的黑伞、年纪还轻的女子。她大约是受冲动似的又跳出到那原来的雨中去了。既而从最初的惊愕里,恢复了勇气,她的眼光透过厨房的微明,凝视着乞丐的脸。

乞丐怅然自失地,立起了浴衣下的一膝,盯着他的对手,眼睛里面,先前那样警戒着的气色,已经不见了。二人默然顷刻,眼与眼互相凝视。

"怎的,你不是新公吗?"

她稍微沉着一点,这样地问乞丐。乞丐蔼然地笑着,对她鞠躬两三次。

"真对不住,因为雨落得太大了,所以走进这空宅里来了——呃,并不是有意来盗窃这空屋。"

"吃惊不小,真是。——虽说不是来盗窃,你倒是一个厚脸皮呢!"

她挤着伞上的雨滴,发怒似的又说。

"喂,你出来吧,我要进屋里去的。"

"是,我出去,即使不叫我出去,也要出去的。大姐还没有退避吗?"

"退避了的,虽是退避——这些事不说了吧。"

"那么,有什么物件忘记了吧?——呀,请进这里来,那里淋着雨呢!"

她又发怒,不回答乞丐的话,在后门的地板坐了下来,并且把泥脚伸到水潦里,泼泼地弄水。从容地盘膝坐着的乞丐,用手摩着他的满腮的髭须,上下打量她的姿首,见她是一个脸色微黑、鼻子旁边有雀斑的、乡下人似的少女,身上穿着与侍女相配的手织木棉布做成的单衣,衣外只系着小仓带。她的活泼的眉眼,坚肥的体格,使人联想到新鲜的桃子梨子的美。

"在骚扰之中回来取物,必定忘了什么重要东西了。是什么,忘了的东西!大姐!阿富姐!"

新公又接着问。

"是什么用不着你管,总之你快些给我出去!"

阿富的回答是很难堪的,继而又像想着什么,看着新公的脸,正经地以这样的事问他。

"新公,你知道我家的金花吗?"

"金花?金花刚才在这里——喔呀!跑到哪里去了?"

乞丐四下巡视,一会儿,猫又好好地蹲在厨上的臼钵与铁锅间的香盒上了。猫的姿态,与新公同时被阿富忽然发现了。她匆遽地,连乞丐在旁也忘记了似的,站上了没有铺席的地板。她莞尔地笑着,叫那橱上的猫。

新公奇异地移他的目光从薄暗的橱上的猫到阿富。

"是猫吗?大姐说忘记了的?"

"说是猫又怎的?金花,金花,喂,下来吧!"

新公突然发笑了,那声音在雨音响着之中,起了不快的反响。阿富又发怒,红着两颊,叱骂放肆的新公。

"有什么可笑?我家的主妇忘记带了金花去,不是已在那里发狂似的了吗？万一金花被杀了又怎么？她在那里哭了又哭的。我也觉得这猫可怜,所以特地在大雨中跑回来。"

"得了,我不再笑了。"

新公虽是这样说,仍然是笑,遮断了阿富的话。

"不再笑了啰！请你想想吧,明天要开始'打仗'了,高高的地方有一只两只猫——无论怎样想,岂不是可笑的吗？虽然是在你的面前,我也放肆说一句,到底没有像这里的娘娘那样懒散的。就比如来寻这金花爷的事……"

"嚛口吧！说主妇的坏话,我是不要听的。"

阿富差不多气得双脚蹬地了。可是乞丐并不为意外的她的威势所胁,不仅这样,他对于她的姿态,频频用不顾忌的视线注视。实际这时她的姿态,是一种有野气的美。被雨濡湿了的衣服与裤——这些无论你看哪一处都是同肌肤贴合着的,显露着说那是肉体,说那是一见早就感着是处女的肉体。新公把目光注视着她,仍然用笑声接着道：

"寻觅金花爷,是要差你来的,连我也是知道的啰！喂,不是这样吗？如今上野附近,不退避的人家是没有的了。虽然有人家并排着,可是同没有人烟的原野一样的。纵说未必有豺狼出来,然而要遇着什么难堪的事也说不定呢！我先说在这里。"

"你与其这样多余地担心,倒不如快替我把猫捉下来吧。——'战争'还没有开始,有什么危险呢？"

"你不要说笑吧。年纪轻轻一个人走着,这样时候没有危险,还有危险的事吗？再说，在这里的，只有你同我两人，万一我开了心花，大姐，你怎么样？"

新公渐渐地变了是说笑吗，或是认真的口调了，然而清澄的阿富的眼睛，连恐怖的影子也没有，只是颊上的血色较之先前有异罢了。

"什么话？新公！你说来吓我吗？"

阿富做起情愿受吓的样子，向新公的旁边走上一步。

"吓你吗？如果仅仅是吓那不好吗？即是肩头上挂着了官衔，然而强暴之徒，世中正多着呢！况且我是一个乞丐，倒不在乎仅仅是吓，如果真的开了心花的话……"

新公说到留着不说的当儿，用力地打他的头。却不知阿富已经拿取大雨伞[在]他的面前挥动了。

"休说这样放肆的话！"

阿富用力地把伞朝新公的头上打下来，新公赶忙躲开，可是伞在中途已经打在旧浴衣的肩头上了。被这骚扰惊吓的猫，把一口铁锅踢落下来，它跳到灶神的橱上去了。同时，供灶神的松和神灯的灯器，转落到新公的身上了。新公跳开时，却不能不被阿富的伞打了若干次。

"这畜生！畜生！"

阿富又继续挥动着那伞，新公虽是被打，终于拉着了伞，又急忙把伞掷了出去，猛然地向阿富扑来，两人在地板上扯捆了一阵。正在往来互扯的时候，雨点又在厨房的屋脊上奏出凄凉的声音了。亮光和雨声的高度同时，看看更加黑暗起来了。新公虽然被打，虽然被抓,他想蓦然地扭着阿富,经过几次失败之后,好容易拉住了她;突然像弹出去似的,被她逃到后户边去了。

"泼妇!"

新公把纸窗向后一关,睨视着阿富。不知什么时候把头发弄乱的阿富,贴紧地坐在地板上,把挟在带里的剃刀反手握着。虽然带着杀气,同时又是奇妙的艳丽,正像在灶神橱上耸着背的猫。二人一时无言,狠狠地睨视着对手的眼睛。新公在顷刻间,故意冷笑,从怀里取出了先前的手枪。

"吓!任随你再来几个回合吧!"

手枪的口,徐徐地向着了阿富的胸。她惘然地盯着新公的脸,也不开口。新公见她不吵了,这回仿佛想着了什么似的,把手枪朝上了。那手枪所指之处,琥珀色的猫的眼,在微明之中,一闪一闪的。

"使得吗?阿富!——"

新公要使对手吃苦似的,含着笑说。

"手枪'拍'的一声,那猫就要四脚朝天地滚下来了。你也同它一样,这样好吗?"

手枪的扳机将要扳着了。

"新公!"

阿富突然叫起来了。

"不行的,打不得的!"

新公的目光又移到阿富了,可是手枪口仍然指着金花猫,当作目标。

"打不得,我是知道的。"

"打了可怜,请你仅仅留下金花的命吧。"

阿富的神情到现在才改变了,她现出了忧心的眼色,心脏的颤抖,使得在唇间的一排细牙齿可以得见。新公一半嘲笑似的,一半惊讶似的,眺着她的脸,一会儿,才把手枪放下。同时阿富的脸上,也现出了"这可好了"的颜色。

"既是这样,我就饶了猫的命吧。替代它的——"

新公无理地说。

"替代它的,就借你的身体。"

阿富的目光移到他处,顷刻之间,她的心中盛炽着憎怒、嫌恶、悲哀与其他的各样感情。新公对于她的变化,用极注意的目光凝视着,从横当里走来微绕到她的身后,开了吃饭间的纸窗。吃饭间较之厨房,自然更是薄暗,虽是其避了的家宅,那房里的衣橱、长火钵,还可以清楚地看见。新公立在那里,微地出了汗,目光落在阿富的后颈上,阿富似乎感觉了吧,她扭转身体来,举目看着新公的脸。她的脸,不知何时,已经回复到与先前一些不差的活泼泼的颜色了。可是新公狼狈似的惊异地看了她一眼,又汹汹地举起手枪对着猫。退!

"使不得,我说使不得的!——"

阿富止住他,同时手中的剃刀落到地板上了。

"既是使不得,请你到里面去吧!"

新公的脸上浮着微笑。

"不高兴!"

阿富恨恨地自语着,突然立起来,像不贞的妇女一般地,迅速地走进吃饭间里去了。新公见她这样决断,倒反现出惊异的样子。这时雨音已经小了,并且夕日的光从云里透了出来,薄暗的厨房也渐渐增加亮光了。新公立在厨房里,倾听着吃饭间里的情况。解小仓带的声音、睡到席子上的声音——除此而外,吃饭间里是寂然的。

新公稍微踌躇一回,就连足进那薄暗的吃饭间里去了。吃饭间的正中,阿富一个人,用衣袖遮着脸,安静地仰天横陈着。……(译者注:这里被检察官削除了四十一字)新公一见她的姿态,便逃跑似的退回厨房里来了。他的脸上,涨满着不可形容的奇妙的表情。那表情看去又像嫌恶似的,又像羞耻似的。他本想走到地板上去,既而又背向着吃饭间,突然苦痛地笑起来了。

"闹着玩罢了,阿富姐!闹着玩罢了,请到这里来吧!"

——经过一会,把猫放在怀中的阿富,一只手里拿着伞,同着将破席铺在地板上的新公,在那里快乐地说着什么了。

"大姐,我有几句话想要问你。"

新公似乎不再恶狠狠凝视阿富的脸了。

"什么?"

"也没有什么。——说起把肌体送给别人,在女子的一生是重大的事。阿富姐,你倒拿来换一只猫的命——这对于你未免过于强暴了吧!"

新公停住不说了,阿富笑着抚摸怀中的猫。

"这样地爱那猫吗?"

"金花真可爱呀？——"

阿富搭讪着回答。

"在这附近,你是出名地巴结主人的。如果金花有一天被人杀了,对于主妇就无可辩解——这样的忧心也会有的吧?"

"呃,金花是可爱的,主妇也是宝贵它的,可是我——"

阿富偏着她的小首,做出好像在看远处的样子。

"怎样说好呢！只是当在那样时候,我不那样做,觉得有点歉欠似的。"

——又经过许久,成了独个人的新公,抱着他的旧浴衣下的膝盖,茫然地坐在厨房里。暮色在稀疏的雨音之中渐渐地挨近这里了。拉窗的索子、水旁的水瓶——这些一样一样地看不见了。既而上野的钟声,在烟云笼罩之中,一声一声地展开了苦闷的音浪。新公好像为这钟声所惊,寂然四顾。用手摸索着走到水旁,把水满满地酌了一杯。

"村上新三郎,只有今天受着了教训了。"

他这样自语着,甘畅地饮了黄昏时的水。

明治二十三年三月二十六日,阿富同着丈夫和三个孩子在上野的广小路闲步。

那一天,恰好是在竹之台开第三回内国博览会的当日,加以在黑门附近的樱花都开了,所以广小路的人道,是不能推动的拥挤,从上野那边行开会式回来的马车人力车的行列,不停地流下来。前田正名、田口卯吉、涩泽荣一、迁新次、冈仓觉三、下条正雄——乘马车人力车客人之中,有这些人夹杂在里面。

抱着满了五岁的次儿的夫,衣袂被长子缒着,避着纷纷往来的行人,时时担心地回头去看后面的阿富。阿富携着长女的手,脸上显着快活的微笑。自然,二十年来的岁月,她也变老了,可是眼里的晶然的光,和往昔并没有怎样改变。她在明治四五年的那时,同那古河店的政兵队的外甥,现在她的丈夫,结过婚了。她的丈夫在那个时候住在横滨,现在在银座的某街开了一爿小钟表店。

阿富忽然举起眼睛。这时走过前面的双马车之中,新公悠然地坐着。新公——尤其是现在的新公的身上,鸵鸟毛的帽饰哪,庄严的金色的饰绳哪,大大小小的许多勋章哪,为各样的名誉的标识所遮蔽着了。可是在半白的须髯之间的,看着这边的赭色的脸,确乎是往年的乞丐。阿富不觉走得慢些了。二十年以前的雨日的记忆,清清楚楚地浮现在眼前。她那天因为救一只猫,不加别察将肉体委托于新公。那动机是什么?——在她是不知道的。新公当那种机会,对于她横陈着的肉体,连手指也不肯去触一下。这动机是什么呢?——这在她也是不知道的。纵然是不知道,这些在阿富却是过于当然的当然了。她和新公触目,不知怎的心中觉得舒展起来。

新公的马车走过的时候,丈夫在人丛之中又回头来看阿富。她看见了丈夫的脸,又坦然地展颜微笑,活泼地、欢喜地……

[译者注]原作发表于1923年4月的《改造》,其后收入短篇小说集《春服》内。

我也不知道

武者小路实笃

登场人物：

释迦

目莲

流离王

王的宠姬

好苦梵士

儿童、侍者、僧侣、侍女多人

第一幕

（释迦一个人想着什么，安静地在树林里闲步。目莲来寻着了释迦。目莲忧心难忍。）

目莲："有几句话要谈一会，不碍事吗？"

释迦："是目莲吗，什么事？"

目莲:"咳!"(与释迦互视,含着眼泪)

释迦:"……"

目莲:"我想探询世尊的心意。"

释迦:"目莲!谅必你也酸辛吧,人们似乎还没有觉察呢!"

目莲:"众人只是恐怖着,可是还有希望。"

释迦:"是吗?可怜!"

目莲:"无论如何都不能救吗?"

释迦:"这一次未必能救了。"

目莲:"你怎么样打算呢?"

释迦:"我打算默然地看过,除此之外,在我是未受允许的。"

目莲:"可是,这样你不觉得残酷吗?"

释迦:"是过于残酷的,可是连我这一次也有点儿昏迷了。这事在我是未受允许的。我不能不只是目睹众人被虐杀了。"

目莲:"唤做流离王的这人,听说是个可怕的人呢!"

释迦:"与其说流离王可怕,不如说在流离王的内部燃烧着的怨恨可怕。流离王想要报复前年受我们释种的侮辱,忍也不能忍了。以如今在城内快活度日的人们,因为这个原故,不久就要被虐杀了。尤其可怜的,是男孩子和女孩子。目莲!在那里快活嬉戏着的孩子们,不久都要被流离王的军队捕捉,而被弄杀的。"

目莲:"是。我也是这样想呢,一见那些孩子们的可爱的样子,我就要落泪了。"

释迦:"我也是这样。那些孩子,是十分可爱的,我不能够正面看那些孩子的脸。"

目莲:"我也是这样。"

释迦:"我知道人间的运命的一切。我知道以我的力量不能救助的许多人类的运命。我每当瞧见这些,不以为可怜的事是没有的。可是如像这一次那样可怜的,是从来没有的,然而我除了看着之外,是没有法想的了。"

目莲:"只得——"

释迦:"是的,是'只得——',只有看着之外,没有法子。你还没有真的知道你自己的力量。你不知道我的力量;不知道运命的力量,你以为怎样做了就要怎样。可是在我呢,是过于知道我自己的力量的。因此这一次我除了只是看着以外,没有法子的。"

目莲:"这样说来,不是无论如何,除了看着那些可怜的人们被杀而外,是没有法子的吗?"

释迦:"是的,没有法子。"

目莲:"那些人们的最后的希望也消散了吗?"

释迦:"是的,消散了。"

目莲:"世尊!"

释迦:"目莲!"

目莲:"真是十分可怕呢!"

释迦:"是的。"

(一群孩子,嬉戏着出现,见了二人,就围着二人,用手牵成环形,团团地跳着嬉戏。)

释迦:"可爱的孩子。"

目莲:"真是……"(目莲拭泪)

男孩子甲:"爷爷哭着呢!"

女孩子甲:"为什么悲哀?"

男孩子乙:"灰尘吹进了眼睛里吗?"

目莲:"呃,灰尘吹进眼里了。"

女孩子乙:"我替你看看好吗?"

目莲:"得了,已经拂去了。乖孩子,你们到那边去玩吧,爷爷们有着事呢!"

男孩子甲:"到那边去玩吧!"

同声:"去吧,去吧。"(跳着走不见了)

目莲:"世尊!我是无论怎样都好的,只求你救那些孩子!求你救救孩子!"

释迦:"就是我也想救他们的,可是没有法子可以救,这是人世的运命。"

目莲:"无论怎样那些孩子们都要被杀掉了吗?"

释迦:"是的,都要杀掉的,一个不留地被杀掉,并且不是用普通的杀害的方法。"

目莲:"求你不要说出,求你不要说出!"

释迦:"你看见人的运命便害怕吗?可是,那是可怜的孩子们呢!他们什么也不懂得。什么也不懂得,却不能不被杀害呢。"

目莲:"唉唉!我不知道要怎样才好!任凭你怎样谴责我的信仰

的薄弱吧！我不知道要怎样才好！"

释迦(庄严地)："目莲！"

目莲："咳。"

释迦："一切的事都要过去的,过去了的暴风雨,过去了的洪水,过去了的战争,死尸任是怎样地葬成山,血是怎样地如川似的流,无常鬼的叫唤虽响于天地,一定是要过去的,他们的去路,就是海,就是涅槃。"

目莲(似心为他事所夺的一样)："是涅槃吗？"

(说时,同时现出了领悟什么似的庄严的表情,二人沉默,退场。)

第二幕

(迦毗罗城内之一室,起初没有人在,只是下方有激烈的战斗的光景,闻着詈骂声、叫唤声、刀剑声。此时有两个女子慌慌张张,被极度的恐怖所惊,跑进室内,逃来逃去。后面有人追她们,好苦梵士领了四个兵士跃进。)

好苦："不可让血污了这房间,把那女孩子从窗子上投了下去！"

(兵士把女子从窗上投下。)

好苦："好,好！(走近窗口)我们大胜利了,敌人剩下也无几了,王爷谅必满足了吧。(忽闻下面有'万岁'的叫声,好苦梵士从窗里向下摇手。)喂,去引导王爷到这里来,把室内收拾干净！"(好苦梵士退,兵士收拾着房间——)

兵士一："王爷的怨恨,这样一来,就全然消除了。"

兵士二:"好像消除了。"

兵士三:"男的女的,一个不留,都杀掉了,孩子也都捉住了。"

兵士四:"侮辱王爷的应该一个不留地杀死。"

兵士三:"究竟王爷为什么这样忿怒呢?"

兵士一:"你还不知道吗?前年王爷到这个城里来作客的时候,见着一座新筑的会堂,就走进里面,在那里休息。"

兵士三:"吓!"

兵士一:"那屋子本来是替那应该做这里真的王爷的释迦造的,所以在释迦未曾进去之前,无论谁人,都禁止入内的。偏生有这位被释种所轻蔑为出身卑贱的我们的王爷走了进去,释种们便大怒了,于是大家都来侮辱王爷。说王爷走过的地方是不洁的,把那地方铲削了,王爷休止的地方,都完全翻造过。所以王爷就大怒了。"

兵士三:"原来是这样的吗?那么,也是理该发怒的。"

兵士一:"结果就是这一次的复仇,总算出了气了。"

兵士二(插嘴):"所以有杀得一个也不留的命令。"

兵士三:"这样的吗,我完全明白了。"

(兵士四走近窗口)

兵士四:"很高呢!先前的两个女子惨死了,杀死女子真是残暴。"

兵士二:"你说的什么?(走近窗口)死得真多呢,全是敌人的死骸。"

兵士一(走近窗口):"如果设想这些家伙到现在还是活着的,那才可笑呢！"

兵士三："死了多少人呢？"

兵士四："有五六万吧，眼睛看得见的地方全是死骸，大胜利哪！"

兵士二："有脚步声音，定是王爷来了。"

（大家出去迎接，走到入口处。流离王带着好苦梵士等人快活地走进，流离王从窗下瞰，下面兵士们发狂似的叫喊万岁之声可闻，王爷向之答礼。）

流离王（对好苦梵士）："我们大胜利了。这样，我数年来的胸中的块垒都消散了。除了孩童之外，一个不留地都杀了吗？侮辱我的也一个不留地杀了吗？"

好苦："正如王爷所说的。"

流离王："那么，我胸中的这口气也出了，捕虏的孩童有多少呢？"

好苦："男的女的各有五百人。"

流离王："孩童是什么也不懂得的，我想饶舍他们了吧，你的意思怎样？"

好苦："违背王爷的命令虽然是恐缩，可是我想决不可饶舍的。他们不是任何时候都是孩童的。他们的一生，是不以生命之得救而感恩的，他们要怀恨亲兄弟的被杀，后来要计画出什么勾当也未可知的，我想是除了杀害以外，没有办法。"

流离王："无论什么时候，你所说的话，都是有理的，就快点给我杀掉了吧。"

好苦："那是很好。怎样杀掉他们呢？用点什么有趣的好玩的，可以流传到后世的方法杀了吧,并且好叫那不中用的释迦胆寒。"

流离王:"那是有趣的啰。"

好苦:"请你任随我去办吧。"

流离王:"好。"

(好苦梵士叫了兵士长来,低声说了什么,兵士长应诺而退。)

流离王:"用什么方法呢?"

好苦:"用有趣的杀死的方法,请看吧。"

流离王:"既然是你想出来的法子,谅必有趣吧。兵士们!不要怕!想看的就看便了。"

兵士同声:"着!"

(流离王与好苦梵士从窗口下瞰,兵士们也走到别的窗口去,向下看。)

流离王:"是葬起死骸的山吗?"

好苦:"不是的,是用来填筑平地。"

流离王:"那么,这土地想必会肥吧?挖好了穴呢,你打算活埋了吗?"

好苦:"嘿,请看吧!"

流离王:"穴的数没有一千吗?"

好苦:"正是五百。"

流离王:"那么,一个穴里面,要把男孩子和女孩子埋进去吗?"

好苦:"不是的,我想把女孩子带回国去,当作土产,投进那啵咤罗池里。"

流离王:"那也好的。横竖那池子是要填满的,在池子的上面,还要建造宫殿哪。穴就是那样可以了吗?不太浅吗?"

好苦:"呃,请看看吧!"(好苦梵士向下示意。隔一会——)

流离王:"哈哈哈哈!孩子们都朝我这面看着。那什么也说不出的脸,像是向我求救。"

好苦:"不要说救他们的话。"

流离王:"谁救他们呢?(暂时沉默)他们都只有头出现在外哪。这回看你又怎么办哪,渐渐有趣起来了。"

(好苦再示意。下面有兵士数百人,拉动重的东西,轧轧之声可闻,少顷,忽然止住。)

流离王:"那个好像有几千斤重的车子,做什么用的?"

好苦:"那是在先前寻着的车子,我想用来碾碎释种们,平地的。"

流离王:"那车是怎样用的?是这样用的吗?用那车来碾碎孩童们的头吗?"

好苦:"正如王爷所说的。"

流离王:"真不愧是你想出来的法子。"

(好苦梵士再第三次示意,下面又听着先前的轧轧的声音。连凭着窗口下瞰的兵士们,也被极度的残酷所惊。一个兵士起了脑贫血,蹲下来用手压着头。)

流离王:"好苦梵士——孩童的头真碾得有趣呢,叫释迦看看这个样子。"

第三幕

("世尊打坐拘留园,观流离王所为之业,一言不发,十大弟子五百阿罗汉皆侍于侧,默然不语。"隔一会儿,目莲走近释迦之前。)

目莲:"我们依然袖手坐在这里,使得的吗?"

释迦:"使得的。"

目莲:"如今七万的释种,都被杀死,五百童男、五百童女的生命,都成了流离王的玩物了,既这样,我们依然袖手坐在这里,使得的吗?"

释迦:"使得的。"

目莲:"阿罗汉之中,有眼见亲兄弟被杀而酸心的,想不如自缢的也很多,既然这样,在这里眼看着杀了大众,使得的吗?"

释迦:"使得的。"

目莲:"阿罗汉之中,有迷惘了的。唉,求你把在这里袖手的理由教我。"

释迦:"目莲!你休说出与你的身位不合的话。本教乃经过去、未来、现在,而从事宇宙调和之道的。数十万人的生命,几万孩童的生命,纵然失落在恶人之手,本教是仍然庄严地耸立着的。本教不仅是现在的教。本教不把丧失了的此世的生命当作无上的东西。本教是不因为我等的生命而消失的,也不因为流离王之虐杀而消失的。如果我为现今之情所动,那么,或是被摧残于流离王的手里,不然,就得在流离王的面前乞怜,于是本教的立足地便崩坏了。本教是宇宙之教,乃过去、现在、未来之教,并不是为一时的此世之爱所可紊乱的教,如果你们之中,有不能满足于本教,为了眼前正被虐杀的可怜的人,不能不舍了自己的身体的,那么,把我同我的身体舍了也好,如有依从本教原为连贯过去、现在、未来之教的,在这里和我同处便好,防止纷乱于各地的此世的狂乱便好。一切都消失了,可是本教是消失不去的。从本教者,不可不以宇宙之心为心,不可不以涅槃之心为心。如今,几万的人,都复归应归的地方去了。目莲!你不是这样想吗?"

目莲:"是。"(目莲敬畏地行礼,归座。)

释迦(看着虚幻似的):"现在五百个男孩子,只露出了头活埋着,被战车碾碎他们的头,那叫唤的声音、那骨碎的声音,那是流离王和好苦梵士做得出来最忍的事业哪。他们把本教那样地摧灭着,然而本教是不会破灭的。唉唉!一切都归返到这可怖的静寂了。五百个男孩子,都归返到产生之处了。可怜的是那五百个女孩子哪。她们求救也不得救,可是啵咤池将使她们归返故乡了。不久流离王、好苦梵士也将随着烧死于高楼了。"

(也不知是谁说话,闻着欢喜的叹息,闻着欢喜的"果真的吗"之声。)

释迦:"你们欢喜流离王和好苦梵士烧死吗?不错,他们要被烧死的。可是,欢喜好呢,悲哀好呢,我也不知道。他们是受那与我们不同的力量引导着而生的。他们纵然不被烧死,不久也会死的。可是他们大都要被烧死的。同他们一起,有几千的可怜的男、女、小儿、老人都要烧死。我也不憎恶他们。"

（沉默）

第四幕

（在黑幕之前，那地方的三个青年在台上。）

甲："好月色！"

乙："今天那城里又开宴了。"

丙："今天不是第七天吗？"

甲："怎的？"

丙："有了谣言，说七天之内，那座七层的城堡，要烧掉的。住在里面的，一个不留地都要烧死。"

乙："是呀，是第七天了。"

甲："不见得会烧的。"

丙："我想一定要烧的，因为是做出了那样残酷的事，建筑而成的城堡。"

乙："那城的城基下，听说现今还听着女孩子的哭声呢。总之，五百个女孩子被活埋在那城下呢。"

甲："真是可怕。"

丙："那城不烧是不行的，一定要烧掉的。"

甲："不会烧的。"

丙："打赌好吗？"

甲："自然打赌！"

乙:"他们常在那七层塔上最高的一室里开宴呢,如果失火,怎样打算呢?"

丙:"那些家伙打算把他们所轻蔑的流言给大家看的,这是天罚哪。"

甲:"哪里会有什么天罚?"

丙:"即使没有天罚,城也要烧掉的,住在里面的人,一齐都要烧死,连王爷,连好苦梵士。"

乙:"要烧的就让他烧了吧,可是新的王爷又要来了。"

甲:"是要来的。"

乙:"比较流离王好些的王爷来了才好,可是,无论怎样都好,任他去吧。"

甲:"总之,不会烧的。"

丙:"总之,要烧的。"

乙:"今天好像又开着盛大的酒宴呢。"

甲:"要不烧才好。"

丙:"要烧了才好。"

乙:"无论怎样都好,于我没有什么得失。"

丙:"走到那边去吧。"

(三人退,取去黑幕,现出流离王宫殿的最高的一室,正当酒宴的盛时。)

流离王:"好苦梵士!今天是第七天哪,第七天即刻就要过去了。"

好苦："正是,第七天就要过去了。"

流离王："哈哈哈哈,失火的事一点也没有踪影。"

好苦："谣言之类的东西,类多是这样的。"

流离王："尽量喝酒呀,大家不要客气。(对侍于侧的宠姬说)你还害怕吗?"

宠姬："是,心里还没有安定,我想要快点天亮才好。"

流离王："天快要亮了。(对舞蹈的男女说)再舞吧!"(男女数人于音乐合拍而舞,形如侍女的人们往来斟酒,舞终。)

流离王："辛苦了。替我斟酒!(对宠姬)许久不见你跳舞了,今晚要看你舞一回,也叫他们看看。"

宠姬："只有今晚,请你恩免一次吧!"

流离王："不行,因为是今晚,所以非舞不可。"

好苦："我们也十分想拜观的。"

宠姬："可是,只为今晚,我胸中苦闷,不能终舞的,到了明天,再舞来祝贺……"

流离王："因为是今晚,非舞不可的。"

(宠姬无奈,只得起舞。正当舞将终时,忽起大风,房屋摇动。舞姬失色,呆然而立,复强忍着舞毕。时风更烈,宠姬归席,紧掘流离王之手,一时默然,惟风声击耳。流离王忽然有所觉——)

流离王："哈哈哈哈。大家这样地害怕吗?胆怯的人们,风算得什么?第七天的那谣言,你们害怕吗?风呀,再吹呀,你尽量地吹呀,你嘲笑那胆怯的人,哈哈……有趣有趣,好苦梵士!你未必怕风吧。"

好苦:"正如王爷的意思,我不怕天,也不怕地,也不怕死,所怕的只是违背王爷的心意。信仰释迦的人们,也许欢喜这风吧,也许如今他们正想这宫殿被烧了吧。然而天一亮了,风就会止住的,晴朗的朝晨便来了。这宫殿较之以前,更要加添了安稳的轮奂与光辉。而且我主的光,也重重叠叠地辉煌于各处。"

流离王:"说得好!好苦梵士!你真是我的心腹!我的儿!我的友!我的师!有你在我的左右,就如同狮子有了翅膀一样。(对宠姬)呃,替好苦梵士斟酒!"

宠姬:"是。"

好苦:"感谢我王!大家一同祝贺我主万岁!"(大众起立)

好苦:"万岁!"

大众:"万岁!"

(三呼万岁)

流离王:"哈,大家不要客气,喝酒吧。今晚用不着讲礼节的,我从来没有像今晚这般快乐,大家同我一起快乐吧。放量地喝酒吧,(对宠姬说)你同女侍们一起替大家斟酒,今晚用不着讲礼节的。"

(过了一阵强烈的风。沉默。)

流离王(起立):"哈,大家舞吧,尽兴地奏那热闹的曲子呀!"

(人众忽乱,乘着这势,听着不知何处来的"失火,失火"的声音,听着狼狈的人们足音的杂乱,乐声陡然中绝,同时众人罢舞。)

流离王:"什么?失火吗?大家不要怕,赶快逃走。好苦梵士!能逃不能逃,给我看来!"

好苦:"着!"

(大众有想从窗口跳下的,有逃入室内的,有自窗口下视的,有试从户口出外,又狼狈地止住的。这时有一个侍女跑进,恐怖至极,呾语似的说。)

侍女:"失火!失火!放火!一个发狂的女子这里那里放火!失火!失火!"

(大众决心似的,或从门口跑出,或从窗口跃下,侍女失了主意,在室内走来走去,一会儿走出门外。室内只剩流离王与紧抱着流离王的宠姬,还有出去四下张望回来的好苦梵士三个人。烟进了室内。)

流离王(推押宠姬的耳朵,强把她的脸放在自己的胸前,对好苦梵士说):"怎样了?有救吗?"

好苦:"请王爷觉悟要紧,下面已化为火海了。"

流离王:"这样吗?"

(流离王用力推开宠姬,在宠姬的"呀"的声音似说出未说出的当儿,拔刀杀了宠姬。)

好苦:"我主发了狂吗?"

流离王:"不,这样的事用不着发狂,我是流离王,我不过不忍看见我宠爱的女人苦恼罢了。"

好苦:"惶恐之至!"

(烟渐渐加剧)

流离王:"你想这火是怎的,是天罚吗?"

好苦:"不,不是的,我想是那胆怯的女人,她过于相信了七日之内城必焚烧的谣言,她不安至极,发了狂,自己放了火。这决不是天罚,是偶然的事。"

流离王:"是呀,是偶然,是偶然,我也是这么想。信奉释迦的人不知道什么是偶然,好不可恼。(见了从门口进来的烟)也罢!准备吧,拔出你的剑来!"

好苦:"着!"(拔剑)

流离王:"我示意之后,你用剑猛力刺我的胸,同时我用剑刺你的胸。"

好苦:"知道了!"

流离王:"勇士的最后,不能语传到后世,乃是恨事。"

好苦:"诚如王爷之言。"

流离王:"脚下渐渐摇动起来了,准备了吗?奋然地!"

(示意将终未终时,二人互刺胸部倒地。烟愈烈。约三十秒,女子一人逃入,睹状——)

女子:"王爷死了,王爷死了!"(在室内逃来逃去,想从门口逃出,被烟所围,风势更烈。)

第五幕

(林中,清晨,天气晴朗,吹倒了的树林、散乱的枝叶,说明昨夜的暴风,小鸟快乐地啭着。释迦与目莲上场。)

目莲:"好晴和的天气!"

释迦:"小鸟欢欣地叫着呢。"

目连:"昨夜的暴风里,很有不曾死掉的物事呢。"

释迦:"死了的也就罢了,活着的便歌唱着。"

目连:"昨夜的风,好像一梦,只是倒了的树木、散乱的枝叶,说出昨夜的暴风。"

释迦:"……"

目连:"世尊!流离王的宫殿似乎也被焚烧了。"

释迦:"烧掉了。"

目连:"大众似乎都已烧死了呢。"

释迦:"都已烧死了。"

目连:"一切都如梦一般。"

释迦:"从前围绕着我们俩的孩子们,如今也安然地长眠了吧,如同恶梦之后的安然的睡眠似的长眠着的。我不忘记那些孩子,可是,那不能使我的宗教变了柔弱。流离王同好苦梵士,如今还在,那么,他们能使我的梦的颜色浓厚起来。他们消灭了,你们的怨恨,未必还留存着吧。他们不被火烧,不久间,也会消灭的。"

目连:"一切都过去了。"

释迦:"可是,还要生的,无论几度也要生的。在那些对于我的教旨没有觉悟的人,他们生在此世,只是生在困迷之内,并且罕能看见和平之梦。今天朝日照耀各处,可是夕暮便即刻要来了。一切都循环着,死,生,生,死。叫自己的亲兄弟或者儿子去侍奉流离王的人们,如今谅必正在悲哀吧。谁幸谁不幸,有谁知道?在本教还没有普遍之时，人们是无意味地生了恶梦，将使我和我身受苦，也使他人受苦吧。小鸟啼着，日光晴朗地普照，一切都现出没有什么事的脸色。那迦毗罗城的灭亡、流离王宫殿的烧毁，他们也只是笑着说着罢了。我为他们的喜悦，我依从本教，愿望一切的人都调和着生存，并且我梦想着这时候的到来。"

目莲："这样的时候要来的吗？"

释迦："要来的。"

目莲："这样的时候何时到来呢？"

释迦："那是，我也不知道。"

（沉默）

——幕落——

附　记

偶翻东京改造社出版的《文学月报》，见有菊池宽氏对于武者小路实笃氏的一段谈话，原题为"武者小路学校"，现在译引在下面——
"我以为武者小路氏是在日本现代文学勃兴期里颇有异彩的作家。当作一个小说家，当作一个戏曲家，在武者小路氏以上的人或许有也难说；可是在他的思想与他的作品，相俟以显示唯一无二的个性这一点上，恐怕是没有第二个存在的吧。

"对于如像我们这些在明治四十年以后成长的作家，或文学爱好者,武者小路氏的作品,恰如一座武者小路学校。我们大家都进过那学校一次,从那里叨了各种的教。

"在思想的方面,或在艺术的方面,打破了所有的传统与所有的习惯,以至开拓了真正新的文艺世界。在这一点,我以为像武者小路氏那样伟大的作家是没有的;如像武者小路氏那样,用伟大的精神而动的作家是没有的。即就文学史上说,武者小路氏的存在,也是永久不能消抹的。

"如同白桦派的作家受武者小路氏的影响一样,我们这些白桦派以外的作家,大家都多少受着武者小路氏的影响。对于当时的自然主义的全盛,武者小路氏揭了叛旗,实在稀罕。

"武者小路氏的作品,在出世的当时,无论就表现上说,就思想上说,就取题材上说,实在是新鲜、自由,而且大胆地,把所有的日本文学的传统与形式主义一脚踢开了。且他把文艺作品可以这般的新鲜、自由、大胆地作成这一回事指教我们。武者小路氏的《日本武□》《妹妹》《我也不知道》等作品,所给我们的感动实在很大。"

武者小路氏从去年(1927)起,日本新村的事务交付于村里的弟兄们,他和安于夫人寓居东京的郊外,从事于《大调和》杂志的编辑,创作力仍然盛旺。

(1924 年 2 月 21 日原作)

志贺直哉集

志贺直哉氏的作品

菊池宽

一

在现代作家里面,我最尊敬志贺氏。不单是尊敬,又最爱读他的作品,依我个人的信念来说,我以为志贺氏在现在日本的文学界里,是最杰出的作家之一。

我从白桦的创刊时代起就爱读志贺氏的作品。此后六七年,这其间我所爱读的其他许多作家(日本和外国的都在内),有的我已经感到幻灭,有的也觉得厌倦。只有对于志贺氏的作品的心绪没有改变,以后也未必会改变。

我对于志贺氏作品的尊敬和爱好,几乎是绝对的,所以在这篇文章里我不想批评志贺氏的作品。只是把自己从志贺氏的作品所感到的说了出来。

二

志贺氏在他的小说的手法上,在他的人生的观察上,根本是一个写实主义者(Realist)。这一点,我以充分的确信来说。我以为他的写实主义,和文学界里的自然派系统的许多老少作家比较,有不相同的地方。先就他的手法看。许多标榜写实主义的作家,他们把所要描写的一切人生琐事,不加选择地罗列起来;志贺氏和他们比较,他的表现,却经过严肃确实的选择,他爱惜他的笔,使人觉得他爱惜得太过似的。他的表现的严肃,一丝一毫也不肯疏忽。在他所描写的事象里面,他不过描写那真非描写不可的事。他只是用力描写事象的要点。这里说他不过描写那真非描写不可的事,就是说他使他的表现,极其有力,他所"表现"的"有力",是一种简朴的力,是从严肃的表现选择而来的正确的力量。他的这种表现,在他的作品里随处可以看见。试翻开《善良的夫妇》的头上几行来看——

  深秋的静寂的夜,雁啼着飞过沼上。
  妻把桌上的油灯移近桌端,在灯下做着针线。夫躺在旁边,伸得长长的,茫然仰视着天花板,两人默着不响有一会。

  这是多么高明的表现,我读着这几行时,我感叹了。如果在普通的作家,虽然费了数十行或数百行,这样的情景也不会表现出来吧。所谓写实主义的作家,有这种锻炼优美的表现吗?我说志贺氏的写实主义,是他所特有的一种,就是指这一点说。这几行字,他并没有描写许多。然而在此数行,把住在寂寞的湖畔夫妇的岑寂生活,泼辣地描绘出来了。是怎样简洁有力的表现呀。这种优美的表现,在他的作品里面寻觅,随处都有。再从《在城崎》举例来说——

> 我不想打蝾螈,即使打,好像无论如何也不会打中,打时我的石子掷得不准,一点也想不到会打中它。那石子嗑的一声,落到水里去了。和石子的声音同一个时刻,只见那蝾螈向横里跳开约有四寸光景。它翘起尾巴,高高地耸着。我想这是怎样了,便走过去看。当初我没有想到石子会打中它的。蝾螈翘起的尾巴,自然地静静地放了下来。跟着像张着两肘似的防备倾跌;撑在前面的两只脚的脚趾,向内面卷缩,蝾螈就软软地朝前面倒下。原来石子打中它的尾巴,不再动了,蝾螈死了。这事为我意料不到的,我虽然常常杀死虫,可是我毫无一点杀害它的意思却把它打死了,我心里觉得难过。

这里把被打死的蝾螈和打死蝾螈的心理,像"完璧"似的表现出来。客观与主观一点也不混淆,要减一字可不行,要加一字就成蛇足,足称为完全的表现。我以为志贺氏对于事物的观察是很正确明朗的。这种明朗的观察,在志贺氏就是一个真正的写实主义者的有力证据,而他的这种观察,无论在悲伤的时候、快乐的时候、必死的时候,他都不使它昏眩。又如《和解》一作里的"和解"的场面——

"是。"我点了头。

母亲见了,急忙立起身来,紧紧地握着我的手,一边哭一边说:

"感激你,顺吉,我感激你!"说时,她在我的胸前低了几下头。我没有法想,我在她的头上回礼的时候,她抬起头来,我的嘴就触着她的头发。

像这样的描写,他无论在什么地方,都充分地说明他不使写实主义者的观察模糊。

三

志贺氏的观察是极写实的,他的手法在根底上是写实主义,已如前述。不过照这样说来,他全然是一个写实主义的作家吗?我以为不然。他和普通的写实主义者最不相同之点,就是他对于人生的态度、他对于"人"的态度。普通的写实主义者对于人生的态度、对于"人"的态度,是冷静的、过于残酷的、无关心的,他的和这些不同,他有人道主义的温情。他的作品,常给他人以清纯的快感,其实就是这种温情的原故。他的表现和观察是极其写实的。包含这两点的他的心底,是极其人道主义的。在他的作品的表面,并没有把人道主义说出来。然而在真能体会他的作品的读者,一定能够感到在他作品的深处鼓动的人道主义的温情。在世上,虽然有人把人道主义的口号旗帜,在作品的表面堆积得像山一样,然而试探其深奥处,则丑陋的自我主义(Egoism)在蠢动的作品却不少。志贺氏呢,在他的创作里决不说到爱,他不说爱,只是默默地描写爱。我读志贺氏的作品时,没有别的更能使我知道爱的了。

他的作品虽是写实的,然而和普通的写实主义不同,说到这一点,可以看他的短篇小说《老人》。

这篇小说描写一个年近七十的老人,因为要慰解老后的寂寞,领了一个妓女来做妾。在妓女的心理,她以为嫁给一个年青人,反不如嫁给一个离死不远的七十老人,可以快点得到自由,所以她做了老人的妾。最初三年的契约满了,老人不愿和她分离。这时女的虽然有了情夫,如照契约和老人离别,觉得也有所不忍,所以她答应延长一年。一年过了,这时她替情夫生了儿子。这回从女的一方面提出要延期一年。一年过了,她为她的情夫生了第二个儿子。这回从老人一方面提出再延期一年。这一年的年末,老人病死了,留下不少的财产给她。这篇作品,就用下面的文句作结——

> 四个月后,老人常坐的布蒲团上面,公然坐着做了孩子们的父亲的青年。在他背后的大画龛里,挂着穿了袍褂、正襟危坐的老人的半身像片。

这种题材,如果在自然派作家用起来,或许要写得如何的讥讽吧,这位老人,不知要怎样被他们嘲笑了。志贺氏虽然描写这种讥刺的题材,却对于老人,对于那妾,都有充分的爱抚。读《老人》一作的人,对于老人也同情,对于妾呢,尤其表同情,对于这篇作品里的任何人,不能不感到一种"人间"似的亲密。妾把情夫的儿子当作老人的儿子,用老人的遗产来养育,我们不觉得有什么不快。如果是自然派的作家用这材料,一定把必有的、不快的人生的一角送给读者看吧。然而志贺氏的《老人》的世界,无论如何是人间的世界。我们对于老年的孤寂,对于妾的心理,都无限地为它所牵引。横亘在他的作品的根底的人道的温情,此外在《和解》《清兵卫与葫芦》《事变》《大津顺吉》里也是有的。又在其他描写心理的作品里面,也可以充分地看得出来。

四

他的作品和普通的写实主义作品不同的地方,就是有一种温情,前面已经说过。至于他的作品的背景,就不仅是健全吧。我以为不是健全,他的作品里的"强有力",就是陪衬他的作品的"志贺直哉的道德"。

我对于耽美主义的作品,或是心理小说,单纯的写实主义作品里面的材料感到不满足,就是因为那些作品缺乏道德性。我听见一个写通俗小说的人说,"通俗小说不能不有道德"。其实一切小说都要求一种道德。志贺氏作品的强有力,就是因为他的作品的深处,流着他的道德的原故吧。

他所怀着的道德,我解释为"人间性的道德"。这种道德,在他的作品中,最明显的是"对于正义的爱"(Love of Justice),就是正义,就是人间的正义。我以为在《大津顺吉》与《和解》二作里最显著。《和解》一作,在某种意味,是"爱正义"和"为人子的爱"的可怕的争斗,又是其融合。除了《和解》而外,其他作品里面,随处把爱"人间的正义"的心表现出来。

前面说他有人道主义的温情,此刻说他有对于正义的爱。如明白地说,就是志贺氏的作品的背后,有志贺氏的人格,这样或许更明白吧。说他的作品里的温情和"强有力",是他的人格的产物,或许更易明白吧。

志贺氏的作品,大体可以分做两类。如《剃刀》《窃儿的故事》《范某的犯罪》《正义派》等,是描写他所特有的心理和感觉的作品。如《死母与新母》《回忆》《善良夫妇》《和解》等,是描写和他的现实生活交涉较多的作品。他的人格的背境,在后面一种作品里面更其浓厚。然而前者在艺术的价值上决不劣于后者。志贺氏在手法与观照上,较之现在文学界的任何写实主义者更是写实的。他的真纯的心,较之现在文学界的任何人道主义者更是人道的。这至少是我的信念。

五

我以为志贺氏写的短篇小说实在很好。他所写的,较之法国的梅利麦等,俄国的柴霍夫,德国的尼尔克、魏特等,并不见劣。这决不是我自己的过赞。我读了森鸥外博士译的外国短篇集《十人十话》,其中有不少的作品比志贺氏的作品拙劣。日本的文学界看见外国的作品，无条件地以为是好的，这不是混账吗？志贺氏的短篇诸作，我以为已经充分地达到了世界的水准。从志贺氏的作品得着的感应，似乎是纵横文字的作家所不容易得到的。他的短篇作品里，如《老人》一作，不过三千字，实在写得不错。虽然只是说明，实在写得好（说明自然是不好，如果要想努力于描写的人，也务要读一读）。《事变》一篇也写得好，他把极平淡的事写得很好。《清兵卫与葫芦》也是好的。

志贺氏的作品中，我以为《赤西蛎太》和《正义派》稍为落后。

还想说别的，就写到这里为止吧。总之，在我的同时代，有像志贺氏这样的人，我以为很安心而且喜悦。

最后要说的，这篇文章是对于志贺氏的作品表示敬爱的意思而写的。

(1918年7月原作)

志贺氏的艺术的特色

宫岛新三郎

志贺氏的作品,恰如在深秋的晴空灿烂发光的星似的透澈,有他的鲜明和独自性。无论在哪一页,却盖有志贺氏的特色的印鉴。而那印鉴好像有形,其实是无形的印鉴。只要是他努力写出来的,那无形的"印鉴"就了然地把他本人传说出来。无论把怎样相同的作品排列在一处,只有志贺氏的作品,一篇一篇,清晰地保持各篇的个别的姿态。如《大津顺吉》与《和解》,在某一点上,题材虽是相同的,却成为独立的优美的作品,《大津顺吉》一篇,是非写成《大津顺吉》不可的作品;《和解》一篇,是非写成《和解》不可的作品。至于《正义派》《事变》虽也是用相同的事件做材料,可是作者所给予的,完全各别,是各自独立的。《正义派》一篇,应作《正义派》读;《事变》一篇,应作《事变》读,然后才能完全了解作者。虽是同一个"心"产生出来的作品,对于各篇作品,如果不用同一的注意去读,就不能够理解真正的志贺。他的作品,有这样的一种独自性与鲜明。

在作家里面,有发表读他一篇小说和读他两篇小说完全一样的作品的人，并且也有写出读了他一篇小说以后就觉得饱了的作品的人。然而在志贺氏完全不是这样。志贺氏的作品，无论读几篇都不觉得厌倦，并且如果不把他的作品尽量读完，就不能够理解他的真正的艺术。

志贺氏的作品，是他的心的镜子，像感光板映照外界的光的阴影似的，他的作品鲜明地映写了他的心。现在的文学界里，称为 Psychologist 的作家，不在少数。不过像他一样，仔细地写出自己的心的微妙阴影的作家，是很少的吧。他被人称为 Realist，却没有注意他的 Psychologist 方面，我们觉得奇怪。他在最简单的心理说明和细屑事件的描写里面，巧妙地描写深刻的心理的蠕动。所谓 Psychologist，并不是像法国的布尔惹那样，用心理学的言语，长长地去说明一个人物的心理。我以为就一个动作、一段会话、一桩事件之中，摘取那有特色的心的蠕动，拿来描写；就作家说，要这样才是上乘。在日本的文学界里，也有在 Psychologist 的堂堂的招牌之下，高抬声价的人，这种人的作品里面，好像是在玩弄心理。并且往往让生动的心理逃去，却只把心理的死骸谨慎地表现出来，这种情形并不为步。志贺氏就不是这种人，他确实明了地捉住他人舍弃了的心理。

捉住这种微妙的心理，更非有锐利的观察力和直觉力不可。幸好志贺氏受了观察力和直觉力的惠。这观察力和直觉力常在那里敏捷地活动，捉住人间心理的要害。在他呢，他有冷静的头脑足以保存由观察力和直觉力捉来的东西。他决不知道沉醉于事物。又在别的意味上，他不知道感激。即令他沉醉了感激了，他不会忘记立刻醒过来。

有的人捉住了爱的目标，沉醉于它。又有的人，遇着怨憎，又沉醉于怨憎。在志贺氏，他所沉醉的时间极短。这事在他的作品里可以看出。因此之故，读者从他的作品，不禁领受了过于冷淡的感触。就是说他在恰好的地步没有沉醉，竭力以清醒的姿态当做作品表现出来。读他的作品，时时觉得害怕。想起我所感到的这种情绪，不禁为之惴惴。

在他的创作集《夜之光》里面，有一篇叫做《范某的犯罪》。他描写一个姓范的变戏法的年青中国人，在表演时砍断他妻子的颈动脉的心理的经过。这戏法是叫他的妻子站在门板般大小的厚木板前面，隔开两三丈，用"锋锐的大刀，和呵喝声同时，在身体的周围，距离不到二寸的地方，画了一个轮廓似的"掷出几把，这时不知什么原故，手法不准，有一把就砍在妻子的颈上。范在那时，当然没有杀妻的意思。他本来爱他的妻子，不过生了儿子以后，就不能像从前一样地爱她了。因为生下来的儿子是别人的。从这时起，他的心里，爱妻的情绪，起了一种变化。他烦闷极了。他为这种情绪所苦的时候，就发生了这事件。虽然没有完全杀害的意念，但他对于妻子的爱已经有了动摇。作者说明在这里发生的事件的动因，写那心理的经过，无论谁看了都要战栗起来。一种复杂的心绪，被他巧妙地明了地描写出来了。

和这一篇相同，描写心理的经过的，还有一篇《不纯洁的头脑》（多欲望的意思——译者）。作者把无意识地犯了一种恐怖行为的心理的推移，像目睹似的明了地描写出来。是一篇如果不战栗就不能读下去的作品。第一段,他写一个在基督教之下,度过极端的禁欲生活的青年,和家中的女婢发生了肉体的关系。后来又被一个比他年长的女人玩弄,在他方面,犯了大罪恶的思想,使他很痛苦。他想脱离这个烂泥塘,然而女的不肯离开他,他自己呢,心里也不想离开女的,结局只有私奔。可是他并没有爱女的心。女的年纪比他大,取一种玩弄他的态度,所以他反而觉得怨恨她。起了想将她杀害的念头,这种心情纠纷起来了。到了后来,他无意识地把那女人杀死了。这篇作品写的就是这件事,是一篇足以证明作者是一个真正的Psychologist的作品。

志贺氏在心理描写上,又在描写一般人物事件的手法上、艺术上,他都用了最有意味的表现方法,就是他常用省略法。他不写"多余"的东西,令人深感他的言语的经济、简洁、明了而且确实。可以说他不用装饰的言语和枝枝节节的话。徐勒说过,"美术家因为他所省略的东西,反为人家知道"。如像志贺氏,就是由于省略法而被人家知道的作家之一。只有他,才能够把内容和表现融合为一。五种内容,同时是五种表现;十种表现,同时是十种内容。换句话说,头和手都以相同的能率在那里活动。在他的作品里,一点也不觉得头脑的活动不够或是手的活动不够。那表现,正如他的头脑的清晰一样的清晰。

不知是什么意味,志贺氏用《夜之光》三个字来做他的创作集的题名。然而能够鲜明地表示他的作品特色的,莫过于这三个字的题名了。他的艺术,不是色彩的艺术。在这意味上,他不为喜欢华美的丰富装饰的人所欢喜。他的艺术,既不是嗅觉的艺术,也不是味觉的艺术。在这意味上,他不为艺术上的饕餮家所珍重吧。他的艺术,无论如何是光的艺术,在某种程度上,他已经表现他的特色。直接射进我们的胸里的光,就是他的艺术。既不是颜色,也不是香味,是一种光的感触,通过我们的心胸。

在志贺氏,只有一条危险的路。这不是别的,就是怕他把艺术的苦心,过于看重了,不免要离开人生。最近他所写的东西,有一点带着这种倾向。如《冬日的路上》(1924)、《雨蛙》(1923)可以说是如此。志贺氏本来的特色,带着人生派的倾向、人道派的倾向。最能够代表这种倾向的,是他的长篇小说《暗夜行路》。

(译自《大正文学十四讲》,新诗坛社出版)

荒　绢

志贺直哉

从前有一个美貌的女神住在山里,她是美的神、爱的神,又是嫉妒的神。

逢着晴朗的天气,望得见山顶的附近地方的青年,他们有了爱人的时候,都来向女神祈祷,但愿他们的恋爱成就。恋爱成就了,一双男女就感谢女神。不久他们都大大地快活,他们只知有自己两个。他们忘却了女神的恩惠。这时爱的神变成了嫉妒的神。不测的灾祸就降临在二人的身上,恋爱终于变做悲剧。

看惯了这样的男女的老人们,悲悯地摇头叹息。他们看着这一双男女一天一天快活下去的时候,他们已经看见那悲哀的结局。可是老人们已没有阻止这一天一天快活下去的男女的力量了。老人们看着这奔向悬崖的一双,只有抱着手叹息,虽然看着这一双男女从悬崖上翻落下去,也只有悲悯地摇头罢了。

有一个俊俏的牧童住在这山麓,他的名儿叫做阿陀仁。每天早晨他带着七八头牛走上山去。牛吃草的时候,他就割草。牛睡着不动在那里反刍的时候,阿陀仁也安适地昼寝。太阳隐在山顶时,牛互相叫唤,那声音惊醒了阿陀仁,他把割好的草捆在牛背上,趁太阳还没有落坡时回到山脚。

山里有许多好看的花,树上开的、草里开的。阿陀仁常常摘了许多花,把它扎成几把花束,他选那顶好看的一束,拿去供在女神的祭坛上。剩下来的送给山脚的小姑娘。

过了三四年,阿陀仁越长越好看了。山里的女神不觉爱上了他,可是这小伙已经有了一个爱人了。她的名儿叫做荒绢,织布出了名,年纪比阿陀仁大一两岁,容貌美丽,和山里的女神不相上下。

自从阿陀仁爱上了荒绢以后,他只有早上半天割草摘花,过了中午就匆匆地赶着牛到山脚去了。从前他把摘来的顶好看的花束献给女神,到了如今,他把那顶好看的花束留了下来,只把次一点的献给她。

女神的心悒悒不乐了。有一天,女神从她使唤的山魈的嘴里,知道了阿陀仁和荒绢的恋爱。山魈的名字叫做岩头,年纪很大了,喜欢恶作剧,到了晚上,常在山脚的村落里跑来跑去,盗人家的鸡羊,有时也偷人家的酒,是这样一个家伙。女神又听他说荒绢的伯父——一个年老的隐士,替她出了主意,老早就不让女神知道这桩爱情的公案。又听说如今荒绢正在专心织一张华丽的帏帐,要把她和阿陀仁两人包裹在其中,使得世上无论如何美丽的东西,不会触着二人的眼睛,荒绢正一心一意地在那里织。于是女神的嫉妒心燃起来了。

女神想看看荒绢所织的美丽的帏帐。有一晚上,月夜皎洁。女神叫山魈在前面引路,她头一遭走下山去。

夜深了。森林里有枭鸟叫,村落里的人家都熄灯安寝。只有一家人家,窗上还映着明亮的灯光,这就是荒绢的家里。

女神叫山魈等在那里,她一个人静悄悄地前进。她越是走近那屋子,越是听着一声声娇脆的歌声。机声轧轧与歌声唱和,媚人的调子,咏出缠绵的爱情。女神听得入神了。可是她的心里,嫉妒燃得更厉害。

女神蹑足走近窗下,从窗缝里偷看屋内,她看见一张宽大美丽的帏帐,从机上垂下,铺在床上,又把一端挂在壁上。那帏帐上面有好看的花和小雀儿,用来织就少女的爱情。

接着女神像做梦似的,看见了眉眼含情的少女的丰姿。她的丰满的面颊、微突的胸部、圆圆的长指头,她的青春美貌,女神自己到底赶不上。

女神后来又看见那边的床上,撒满了美丽的山花。

女神的心里,燃起了三番两次的嫉妒,看见这样娇艳的姑娘还是头一遭,看见这样好看的织物也是头一遭,并且自己和阿陀仁的爱情也是头一遭。女神心想,这样好看的帏帐织好以后,再使那牧童离开这姑娘就不能够了。她打定主意,要想点方法,让这个帏帐不能完成。

不知不识的荒绢,无日无夜,只要爱情在心中燃烧的时候,便即刻坐在机旁,那一张帏帐,已经织成大半了。剩下的一小半织成的那天,她就要叫隐士伯伯玉成阿陀仁和她的好事。她想到这事,心里时时兴奋起来。

阿陀仁每天把山里摘来的最美的花束,从窗里投进荒绢的屋里。可是隐士曾经吩咐过,帏帐没有织成时,不许二人交言,也不许阿陀仁偷窥那帏帐。

有一晚上,村里的人都静悄悄地睡着了。荒绢一个人还在机上纺织,心里忽然感到寂寞。她停着纺织,合上眼睛。既而听见远远的地方,有男子的嘶丑的声音在唱着什么歌。歌声细微,听不懂那歌词。虽是听不懂,却是令人不快的调儿。

从此以后,每晚都听着歌声。声音渐渐地近了。遇着风顺的时候,也听着歌词,那是诅咒别人的不祥的词句。意味是若不停止纺织那帏帐,就会有不吉的事临到她的身上。

她觉得诅咒的歌声,一夜比一夜近了。歌词的意思说,连自己的身份也不知道,如还连续地织着那样的帏帐,你就要变成蜘蛛了。

荒绢渐渐苦痛起来。

荒绢知道这是从女神的嫉妒而来的,可是她不想对伯父和阿陀仁说明。如果和伯父说明了,伯父就不许她纺织了。

她和阿陀仁说了,也是同样的结果。她想阿陀仁也不要她纺织,便立刻成为夫妇。可是她结婚时没有这张帏账,就怕阿陀仁要被女神夺了去。荒绢始终不肯对人说,她决意要织好这张帏帐。

荒绢用丝屑紧紧地塞住两耳,像聋子一样。可是曾经一度浸透她耳鼓的诅咒的歌词,耳里依然自由地听着,甚至于有时荒绢自己的口中,也会唱着自以为讨厌的歌词。

荒绢的身体和精神渐渐衰弱了,可是她没有一天不在纺织。她对于阿陀仁的不能熬住的爱情,时时发作似的涌出来,她也只好忍住。她一边痛苦,一边赶着织好那帏帐。她将痛苦的爱情,织成一朵紫色的花在那帏帐上。

诅咒的歌声一夜比一夜响亮。紫色的花渐渐变成黑色。从这时起,荒绢的样子逐渐变成为痴狂了。如今她每天每天只在帏帐上织进黑色的花朵。小雀儿的颜色也是黑的。一张华美的帏帐,变做难看的东西了。这恰如一匹华丽的布,有一半涂上沟泥似的。

荒绢的心里虽然焦急,可是她没有纺织的气力了。到了黄昏时,她常两手拿着机筝,站在檐下,仰看天空。不过阿陀仁却没有见过荒绢的这种模样,他每天从山上下来,就把美丽的花束,从荒绢的窗子投进,然后才归家。美丽的花束徒然地积在屋里。

不觉过了两个月。帏帐织得这么迟缓,阿陀仁想有点奇怪。他走去访问隐士,要隐士去察看。隐士也以为半年多的光阴还没有织成那张帏帐,是过于长久了。

隐士走进屋里,吃了一惊,看不见荒绢的踪影。屋里到处都是蛛网。鲜艳的帏帐,从中部起,变成污丑的颜色,尾端的一部分,织成了污泥模样的暗色。

细细的丝从窗缝里牵出户外,隐士就沿着丝走出去,只见那丝牵长得没有止境,一直牵到山上。他跟着上了山,来到女神的庙殿,看见了荒绢身上衣裳的碎片落在那里。

丝再延续到山奥,山向朝北,受不到日光,是一处花不开鸟不啼的荒凉处所。隐士攀着崖角树根,爬到山的中腹,发现一个大大的洞穴,丝牵进了洞里面。

隐士见洞穴的暗处,荒绢睁着骇人的眼睛看他。在荒绢的前面,张着有洞穴一般大的蛛网。荒绢还在纺织什么似的,伸着两手,拿着没有缠丝的机筓。那炯炯地睁着的眼睛、疲倦的细长的手足、微污的肤色,看去荒绢正像一个蜘蛛了。

(1908年原作)

一个人①

志贺直哉

一

所谓一个人,就是我的异母兄。虽是我顶小的一位哥哥,可是年纪相差到十岁。他在我十八岁那一年的岁暮,离开家庭,不知到什么地方去了。

后来过了五年,住在信州某寒村的大姐姐临终时,我又会见他。我见了五年来兄的变化,觉得诧异,我诧异他为什么会变到那样了。

兄在那里和我住了三天。葬事完毕,他立即越过他所从来的广阔的高原,一个人不知到什么地方去了。从那时起,到了现在,正是七个年头,没有谁知道他的消息。晓得他的人常说,"已经死了吧",可是我信他一定没有死,我为什么原故这样相信呢?

兄来到姐姐临终的床前,全出人意料之外。既然没有一个人知道他的住处,当然没有人去通知他,是很明显的。兄在那时没有说什

---

① 此文前原有一篇《范某的犯罪》,因与前文重复,故删去。

么,所以详细的情形,我可不知道。不过兄此次之来,是偶然来到近处,不是知道姐姐的病跑来的。如果"想像"许可的话,我以为正像东方的学者被伯利恒的星所引导似的,兄从远隔数百里的地方,被什么所引导,于是跟跄地跑到那里来吧。由此看来,素性如此的兄,也许在什么时候或是什么地方,会出其不意地出现在我们的面前。我想他一定会来的。我们还有一个健在的祖母,去年做过了八十八岁的大寿。这位祖母爱兄,远过于爱姐姐和我。我自幼习惯了,别无什么不服,可是姐姐们因此就常常诉苦了。

如今祖母一点也不提起兄的事,我想是对于我和我的生母的顾虑。可是祖母的一种不能将兄忘怀的情形,在旁人看来,觉得很可怜。祖母以前(已是十年前的事了)曾经说过,"我也不想再和芳行会面了"。这在祖母并不是说假话吧。可是和这句话完全不同,"兄在什么时候一定会来看看自己",祖母有这样的信念,我也是相信的。我觉得兄出现在我们面前的时候,一定是祖母逝世的时候吧。即使祖母是骤然逝世或是暴终,兄也会从远隔几百里的地方回来的。就祖母和兄的情分看,这事令人相信得很。

七年前的秋天,我忽然接到姐夫来信,信里说姐姐在夏节前就躺下了,大概没有救了。那时父亲还在,他说:"什么话,谁也用不着去。"父亲究竟是一个性情固执的人,他和姐夫的感情很不好,因为从前他对姐夫说过:"我绝对不和你来往。"可是母亲就不以为然。自然,如果我自己要去的话,父亲也是许可的。母亲说,在山中未必有什么滋养品,替我买了许多有滋养品的东西。我拿了就马上在上野车站乘了火车。

二

关东的平野，还是秋收的时候，在田里工作的人也多，来到了信州的高原，那远远的山顶上可以看见薄薄的一层雪，已是初冬的景色了。我从火车站下车，还要走几十里路才能到山里。那晚上无论怎样不能够去了，我想到附近去走走，能走近姊姊一步好一步，多拿了一点钱给那不甚乐意的车夫，叫他在晚上拉我到距离五六里路的一个村落里去。那是一个黑暗的晚上。我乘上车子，把衣襟竖起来，身子缩在大衣里面，防御严寒。车夫在沿着急流的、新辟的陡峭的路上拉着走。我自然想起了不幸的姐姐的生涯。

姐姐是一个美貌的女子。二十岁时嫁给现在的姐夫。姐夫在那时是父亲公司里的下属的职员，是所谓干练一类的青年，颇得父亲的信用。因为其时兄没有一定的职业，闲混着度日，父亲更信托姐夫。姐夫的年龄和兄相差很远，甚至于家中的事，一点不和兄商量，反而和姐夫什么都谈。祖母对于此事，心里常觉得不愉快。

兄离开家庭的时候，父亲已经过了六十岁，接连不断的不愉快，不欢的离别，在这样的年纪，父亲好像很寂寞。因为这个原故，使父亲更去信托姐夫了。

后来过了两年，其时父亲已经向公司告退，他提拔姐夫，继他充当公司的要职。哪知道姐夫利用地位，做冒险的投机买卖，失败之后，私挪公司的款子去填补亏空。等到父亲知道以后，便勃然大怒。

姐夫违背了父亲的信托，固不用说，当面的责任，就落在父亲的身上了。但是那亏空，即使自己破产，也是弥补不来的。结局是父亲拿出了财产的三分之一，了结一部分责任，算是完事。那时父亲坚决地说，绝对不许姐夫到家里来，连姐姐也不许。祖母、母亲和我都说，姐夫就任他去吧，对于姐姐如此，没有这样的道理，父亲听了之后，像发狂似的，大声发怒。

"你们以为讨饭好，那就让她来好了。"说了一大套。父亲又说，如果让姐姐来往，结果姐夫也要来往的，至少在自己死后，定是如此。

"如果时子和他离婚，我自然让她归来。"这样的话父亲也说过。可是姐姐那时已经有十岁的女孩和七岁的男孩了。即或不然，姐姐总是守旧的女子，虽不为这样的丈夫爱怜，也不想离别归宁。在父亲自然也不愿望姐姐离婚归宁，只是乘势冲出了这么一句话，倒是真实的。

姐姐暂时忍耐着叫祖母、母亲替她讨情，可是知道父亲无论怎样不肯听从，她除了跟随丈夫而外，没有法子了。所以后来她们一起回到姐夫故乡的寒村去了。

三

祖母以为兄的离家，是父亲顽固的原故，她对于父亲信用到底的姐夫的不良，口里常说"眼前报应"，有一种报复的意味，这是我们所理解的。我们想，如果父亲对兄稍微留一点爱情，对兄所想做的工作姑容一点，事情就不会那样。不过直接使兄到如此地步的，倒不是此事。这一点,兄也明白地说过。想到自己的运命,仅由父亲的好恶所支配,是不愉快的。不过兄对于现在的自己,感到厌恶。兄对于父亲,当然很不愉快。但更厉害的事,兄自己对于自己很感到厌恶。兄睁着充血的无光的眼睛对我说过:"无论被别人怎样厌恶,仅是如此,不至于不能活下去;自己厌恶自己,除死之外,别无方法了。"兄说出这样的话,约在离家的一个月之前,那时我见兄的怯懦的、全无自信的样子,连我也觉得"这真不能耐下去了"。详细的情形,下文再说。祖母以为兄的离家,只是因为和父亲的关系,这是误解。我想替他说出来,可是我们是异母的弟兄,加以在兄离家后,我继承家财的事也要麻烦,这些关系夹在一起,所以碍难出口了。

姐姐那边没有消息,甚至我和母亲寄去的贺年片也没有回答。大概在十岁或十一岁的时候,失了生母的姐姐,人是一个好人,可是总有一点古怪脾气。祖母的爱,集在兄一人的身上,姐姐从谁也得不着真正的爱怜,她不免有了猜疑的心。她虽时常和兄吵闹,可是也真心和他亲爱。在表面上,她和我的生母始终和好,她承认兄的离家和她自己与家里断绝来往,全是由于误解,纯出于父亲的意志。可是在里面,她就猜疑到我的生母想使我继承家产和别的上面去。我是抱养的,说出来虽是笑话,这的确只是她的猜疑,不是事实。我的生母既是一个人,所以有时做的事,是从不能超绝常人的感情而来的。不过我相信母亲被这样的感情支配,去怂恿父亲的事,固然不会有,甚至她自己私下将这事浮现于意识,加以思忖,也决不会有的。

这一个家庭里面,就有阴影笼罩下来了。父亲依然顽固,一方面他的衰弱的心情、不能隐蔽的情状,使我们痛心地感着了。我觉得"这可不行",但又无可如何。正如支撑物件倾倒时的力量,没有什么益处,但也用不着愁苦。因此心里想让它倒下去,还是另外筑起新的好些。那时我还在法科大学读书,我和家里说我要结婚。母亲叱我说还早呢,父亲反而赞成,不久经父亲的选择,也得我的同意,就娶了现在的妻子。兄的离家是因为结婚问题起了争执,所以父亲也有点悔悟。我的妻是个快活得像小孩一样的人,她进门以后,阴霾的家庭,也有一点光明了。到了翌年,生了一个女孩子,向来一家大小用尽力量不能做到的,自从这小东西出来以后,使得这个家庭快活起来了。

四

可是在快活里面,想起了兄和姐姐,就像黑云走过太阳的前面,曳影在地上似的,使我们的心,阴郁了。不过除了断念以外,也是没有方法的。我常对母亲说:"目前的运命,也许会改变,到了那时,只有提防着不让它逃去。"母亲答说:"不错。父亲、哥哥、姐姐都不是坏人。"

真的一点不错。父亲、姐姐、兄都不是坏人,宁可说三个人都过于正直,同时三个人都是顽固的,不过如此。我想起三个人的性格,真不愧是骨肉。想起来他们都有共通的所在,所不同的,只是时代和境遇罢了。父亲也好,兄也好,都戆直地任性做事。父亲对自己所做的事,殆无怀疑地做去,在兄一方面,马上就生出疑惑。父亲的戆直,是因为在家庭里面,他以为可以通得过的就得通过,可是在兄大概不能通过。这是父亲使然的,这种意识早就使兄发生误会。可是无论怎样使兄迷惘,兄不能选择其他的路,这是兄的性格。在兄不能通过的,兄好像愈以为那是唯一的路似的,因此兄一个人独自迷惘。结局他毅然地和父亲交涉,这时兄忍着气,也有先架着势争吵的时候,这当然是愚蠢的。不过兄和父亲说话,即使是一两句闲话,如果不留心,便什么话也不能说。

我所记得的最初的冲突,是兄在暑假时和朋友到奈良、京都去旅行,向父亲讨旅费的时候。那时父亲发怒说:

"你和朋友约好,在事前对谁说过没有?"

兄沉默不响。

"做事不合秩序!如果你得了我的允许再和朋友约会,我是了解的,你先有了约,才来问我……"

兄的脸有点发青了。眼睛注视父亲的脸,默着不说话。不言的反抗更使父亲忿怒了。

"马上去回绝别人家,用电话也好,跑去也好,回绝了吧。好古怪!我顶恨不依秩序做事。"

"那么,我正当地依着秩序,父亲答应我吗?"

"那可不知道,也许答应,也许不答应。"

"这次答应还是不答应呢?"

"所以我说不知道呀。"

"不,我知道的,父亲一定不答应。"

父亲现出了异样的苦笑。

"你怎么知道?"

"我知道。"兄的唇微微地颤抖了。兄又说:

"结局是一样的,在我看来,和秩序是没有关系的。"

"你既然知道,为什么和别人约好?"

"因为我想去。无论什么时候,到今天为止,父亲对我的请求,曾经欢欢喜喜地答应过吗?"

"好!"父亲奋昂地说,"你既然知道,什么也不用请求好了。"

五

父亲又接着说:

"老实说,我对你所要做的工作,全不中意。不过你既然要做,我也不反对。比如你这次旅行,要去看奈良、京都一带的庙宇和美术品,这好像是空闲的老年人的混日子的旅行,你要我拿出一文来我也不高兴。还在依靠父亲吃饭的人,坦然地说出这样的话,我看不进眼。到你能够独立生活的时候,任随你做什么都可以,我不说不赞成。你还在靠我吃饭,我是不许你这么随便的,此后也是如此。这样的事无论你来说几次还是不答应——"

"可是我要去。"兄奋昂着打断了父亲的话。

"听你的便!"父亲任兄一人在屋里,拂然地走到园里去了。

过了一会,兄叫了旧书店的老板来,把所有的书卖了。那晚上和朋友旅行去了。

深夜父亲回来,听了此事,大发脾气。母亲替兄辩护,回答几句。父亲拿火箸掷了母亲。

这样的事故举也举不完。总之,兄的态度在父亲很以为不快,乃是事实。兄的态度,常是挑战的,令人觉得奇怪。兄的性质软弱,他和别人龃龉,比别人怯懦,可是不知是什么原故,他对于父亲常是挑战的、顽强的。这显明是从他的软弱而来的,以此作为防卫自己的方法。实际在兄一方面,除此以外,也无可如何。为什么呢?因为兄如其对父亲让步的话,也许父亲要得尺进步,父亲的命令恐没有限度。第一,兄非把艺术的工作舍弃不可。第二,如兄有爱人,兄自信九分之九没有和她结婚的希望。这事在我看来,有几分近于恐怖观念,因为事实已是如此。可是连爱人或什么还没有的时候,兄此时就被胁迫,说滑稽呢真是滑稽。兄自己正在发生的"爱"的意念,被"恐怖观念"使它在未成时冷落了,这样的事实,也曾有过。兄信如果自己爱上了人,家庭必定要起纠纷。兄的态度是立即挑战的,可是又很怕引起纠纷。不知不觉之间,他的"爱"在嫩芽时就摘去了,这事有过好几次。

兄提起结婚的时候,父亲就说:"那边的家门,由我先选择。至于中意女的与否,听随芳行的自由。"父亲说时很得意,好像自己是一个极了解世事的人物。其实就父亲说,这话自然可以说是"了解"的。可是这有什么效用呢?

六

总之,父亲是一个特别顽固的人。他对于自己的顽固,毫无顾忌。这种地方,他有一种刚强的脾气。父亲常说,我为的是这一个家庭,但宁可说他为的是这一家的财产,财产是父亲当作自己的"事业"而积成的。换句话说,他意识着与否,是别一问题,说他是为的"固执",并无不可。全盘继承了财产正在做相当事业的我,说了这样的话,听了令人诧异,如果父亲还在,不免要大怒的。也许要这么说,"不是我为你们留下那样多的财产,你们和你们的孩子怎样过活呢?"这话也许是对的。可是想到兄的地位,那么"为你们"这一句话,就要稍加反省了。主要的原因,还是固执的原故。不过也许父亲想,他的劳碌是为家族之故。举例来说,有这种事的时候:一个亲戚留下几个年幼的孩子死了,父亲做保护人,此时父亲毅然地使那家的遗族过窘迫的生活。头一着他先把他们送到生活费便宜的乡间去住,并且无论什么时候,除了买米钱以外,不肯拿出别的钱来。哭着诉苦时,母亲们常居中说话,可是父亲决不答应。有的人在公的方面气概狭隘,在私的方面宽宏大量,这是父亲所做不到的,他是个一成不变的人。后来过了十几年,那一家人的财产积了不少,这在父亲有说不出的满足,也引为夸耀。承受了这财产的遗族得了生活的安定,虽然感谢,可是想起十几年来,什么也不能得用的生活的苦痛,并且忆起在痛苦里死去的家人时,就不能仅是感谢罢了。

父亲始终固执,这是他的性格。父亲以为是自己的主义,其实是性格。父亲所做的事,当作主义看,常常有矛盾;当作性格看,反而觉得很统一。他的性格是极像"野生"似的,这一点他很像祖母。父亲的教养,可以说已经做到了所谓"处世法的地步",可是却没有顾及

"性格"。

以为他是异样的冷酷,可是也有奇妙的容易伤感的时候。又他对于金钱极其执着,但不是贪婪的人。

曾经有这么一回事,我的妹妹结婚过了不久,交好的人家也有喜事,非送礼物不行。父亲叫母亲到三越百货店去买松鱼干的礼券,母亲说家里有几十张,不必买了。父亲说:"心里过不去,过不去。"这是一种来去清白的脾气,但我以为很爽快。

七

父亲是一个不感伤的人,兄是很感伤的。原因之一,就是兄在九岁时,丧了生母,此事时常缠绕着兄的感伤。我对于兄的生母完全不知道,假令在世的话,她和兄的情分怎样,还有父亲和兄的感情怎样,是不可知的。可是几于盲目地爱兄的祖母的爱情,纵然是兄的生母也不会有的。兄自己说过:"母亲在世,彼此的情爱,有祖母的三分之一与否,还不可知。"在兄觉得单是祖母一人的爱,不能够满意,因此他追求亡母的幻影。这事好奇怪,祖母的爱已经饱满了,他仍然要求情爱。结局兄以为求之于父才是真正的。然而兄却没有明了地意识着这一点。

总之,是困难的事。向父亲求情爱,也许比较追求亡母的幻影更其困难。不过虽是这样断定,毕竟二人仍是骨肉。例如被舍弃的枯槁的树子,也会发芽。父亲对于兄的感情虽然缺少春光,可是也有爱的新芽生长出来。在自己的心里长出了新芽的兄,他是悄悄地等着春天吧。有时兄把这事向我泄漏,可是他所期待的终于没有来到,父亲死了。

以前兄有了什么事情,即焦急地任意地冲撞父亲,那样的心地,确是因为不能得到父亲的爱。有点说不出的不能忍受的心情,使他作这样奇异的表现。那时兄常哭泣,一边哭,一边说出粗暴的话。在父亲方面,遇着这事的次数多了,他避免和兄交涉。有时谈到某一点,父亲就说:"再说下去就只有吵架,我什么也不说了。"父亲的脸上,现出十分不愉快的颜色。这种时候,兄又执拗得很。

"到那边去,到那边去!"父亲像赶狗似的说。兄不肯立起来。于是父亲自己立起来,走到庭里去。兄甚至于跟了去,结果父亲到街上去了。

这时兄马上走进自己的房间里,一定哭一顿。

兄在终局达到了某程度,如这时能够保持那样程度的冷淡,那么,二人的关系大概不至于如此吧。即使不说冷淡,如果兄不那样烦厌地向父亲求爱,也比较好。可是兄自己的态度,是求爱心情的变态的表现,兄还不能够意识。父亲懂得这一点然而不取允许的态度是当然的。父亲对于无理冲撞他的,发狂似的不逊的青年,当然无可如何,其实不能说父亲无理的。

八

兄怎样地想得到父亲的爱情,看下面讲的事情就可以明白了。

这是在兄真正离开家庭以前两年的事。兄搜集他所著的短篇小说,想自己出资印行。兄向父亲索取五百圆,作印行的费用。父亲答应了,兄和祖母都很欢喜。可是兄在一方面又想不依赖父亲,只叫书店拿出印费。并且还想再著几篇好的小说,凑成一册。后来没有提起此事,拖延过了半年。结果依然和书店合资出版,兄再把这事请求父亲。那时父亲正在庭里种花,我也在旁边帮忙。

"前回不是说已经作罢了吗?"父亲睁着他的天生的炯炯的眼睛说。

"没有完全作罢,不过是中止的意思。这次书店也出钱,我和书店合资。"

"你写什么小说一类的东西,究竟你将来怎样打算?"

兄闷着不说话。

"小说家成什么器?"父亲用轻蔑的语调说。

"马琴也是小说家,不过像马琴那样,是极无聊的小说家。我想做一个真正的小说家。"兄奋昂地迅捷地说。这时忽然提起马琴,是因为父亲喜欢马琴,他常看马琴的《八犬传》和其他著作的原故。

"说空话……"父亲苦笑了。

二人暂时沉默。既而父亲又说:

"怎么样?你试自己过活着……"

兄好似骤然被人在胸上打了一拳,他盯着父亲的脸,当下就答说:"那就自己过活好了。"实际呢,自己过活,在兄却是致命伤。

再两三次对答以后。

"你是凭一时的感情,就马上这么说的……"提出这事的父亲反而这么说。兄没有自活的能力,父亲是明白的。

"不是一时的感情。"

"是吗?要不是才好……真想试试吗?"

"是的。"

"那么,好的。以前说过,给你五百块钱。"父亲说。

后来祖母发怒说,五百圆是印书的钱,拿了这一点叫他出去,就和空手叫他出去一样。可是兄印书只拿出一百块钱,其余的钱是由书店拿出的,所以暂时还不愁没有饭吃。

第二天清早起就落大雨。兄在大雨中跑来跑去寻房屋。在京桥的一家公寓寻着了一间小小的清静的屋子。傍晚时,叫了几辆人力车,装着行李,在雨中搬走了。

母亲屡屡止住他,说父亲没有回来,不告别一声就搬出去是不好的,到明天再搬不迟。可是兄说明天再来看父亲,不听母亲的话就搬走了。我在大门口送他,因为受了感动,终于哭起来了。

那晚上父亲回来很迟,他听母亲说了,忽然现出岑寂的脸色,反复地对母亲说:

"啊,终于走了吗?怎么好呢?怎么好呢?"我目睹这情景时,我对于心软的父亲,从心里觉得爱他。对于兄的刚愎,忽然忿怒起来。

九

兄在公寓里住了一个半月,似乎没有什么工作可做。兄只要受一点动摇,在感情上就要起反响。加以有生以来,离开家庭,没有出过三四星期。这样的生活,到了习惯时,自然要费相当的时日。兄因为岑寂,常约朋友来住,有时叫朋友和他同住三四天。这样的生活,第一是金钱不能够接继。在一个半月里,兄把父亲给他的钱用掉一半了。后来兄决定到生活费便宜的乡下去住,一个人安静地做事。他到濑户海的小豆岛去了。

当他来告别的时候,那时家里的人都在客间里饮着午茶。兄没有向着哪一个——但以母亲为主,他努力用轻快的态度谈起小豆岛的塞霞溪。兄本来是一个长于闲谈的人,但如果父亲在旁时,就受了阻碍,真要轻快地说总是做不到了。

"你打算去几个月?"父亲用不愉快的口气问。

"打算去半年或是一年。"兄也不肯示弱,用不高兴的口气回答。

听说行李打好了,并且乘的是晚上九点几十分的火车,可是兄那天有点奇怪,他慢吞吞地,坐在祖母的房里。

父亲走进书斋便没有走出来,一直到了黄昏时才出房门,好像要去赴宴会。穿上了礼服,在穿着的时候,他现出不宁静的样子,走来走去,一会走到客间,一会走到大门口。父亲像是等兄出来,对父亲话别的模样。可是不知为什么原故,兄装做不知道,没有出来。

自然兄是知道的,只是脾气固执得奇怪罢了。我觉得担忧,我同情于父亲了。兄为什么这样无益地挑战呢?想到这点,我愁闷,我不愉快了。

父亲不即出门,嘴里叽咕着,"这袜子不好""这块手巾龌龊了"。他把手巾一会儿放在衣袖里,一会儿又取出来掷在桌上,对母亲发脾气。如果兄到结局还不出来,在许多日子不能够会面的父亲,将留下怎样不快的印象呢?我想到这点,心里惴惴然了。

母亲比我更担忧,可是母亲又不肯对兄说:"你出去告别吧。"这时人力车已经预备好了,父亲出了大门。母亲不知怎么办才好,张皇起来了。她忽然推我的肩头,示意兄所在的地方,嘴里叫说:"等一会儿……"说了便追在父亲的后面。我马上跑进祖母的房里去。

"父亲出门了……你出去一下好不好?"我对兄说。

"唔。"兄说,他无精打采地立起身子,并且用异常稳重的脚步,走过廊下。那时我便想到兄的这种态度是装模作样的。其实兄早就想走出来,只是在心里踌躇不决。我想他一定意识到始终不肯出来,在父亲是如何的不愉快,他自己也不愉快,到后来将成为后悔的根源,所以他呆住不会动了。兄虽然想到这点,然而他无论如何不肯自动地走出去。他和父亲的不自然的关系已经很久了,使得他的性情乖张到这样,我想起来,怪可怜的。兄对于别的事,他的性情很爽直,只有对于父亲,这样固执,令人诧异。

在大门外,父亲正要坐上人力车。父亲见了兄,脸上依然不愉快。可是车夫举起车杆的时候,父亲忽然对兄轻轻地说:

"务要早些归来!"

兄的脸上现出惊异的样子,他盯着父亲。父亲略把视线低下,车子打转身,父亲的脸便旋转到别的地方去了。

兄接着就走回祖母的屋里,隔了一会,我到屋里去,兄在那里流泪。

十

兄生在北国的一个小镇上,兄出世时,父亲在那里做银行职员。

兄的头上还有一个哥哥,父亲似乎很爱他,听说他聪明俊俏,他在三岁上的秋天死了。翌年的二月里兄才出世。那里是寒冷的地方,他们告诉我,如果大门冻凝了,便不能去请产婆,便要发生困难。那时祖母的弟弟也住在这镇上,快到临盆的时候,他每晚用开水壶烧好开水,准备去浇淋。

兄和父母到东京来,正是三岁的时候。祖母以为大哥哥的死,好像是年青父母的过失,所以她满怀地等待兄来。抵京以后,兄从父母的手中,移到祖父母的手里抚养。姐姐早就在祖父母的身旁,这在年青的父亲,一定安心吧。

不久父亲到九州去了。过了两年再回来,那时已习惯了,姐姐和兄都没有回到父亲的怀里。

兄的生母过了两年就逝世了。同一年的岁暮,我的生母就来我家。不久父亲又出门,我是在福冈出世的。

俗话说得好,有奶就是娘。父亲虽然生了兄,但不是养育兄的人。这事成了后来诅咒的根源。

种下这样的种子,是谁的责任呢?没有人知道,不过父亲以为这是祖父母的责任。

父和兄冲突得顶厉害的一次,是当W川沿岸的"矿毒事件"[注]哄动社会的时候,兄受了演说和其他的刺激,对父亲说要到矿毒地方去视察。那时我只有八岁,记不起什么,听母亲说,这一次的冲突是很激烈的。

那时兄还是中学生,对于一切事情,他的脾气是真鲠鲠的。父亲说:"我家的人同情于受害的百姓,如果给F那边的人知道了,我就先受牵累。"父亲又对兄说:"你是学生,这事不是学生管得到的。"又说:"总之,F君是明治时代伟人中的一个,为我所尊敬。"兄大声地叫说:"他是坏人!"

结局一个说是坏人、一个说不是坏人地终止了,兄奋昂地哭起来了。他始终坚执要到受矿毒害的地方去。

可是兄终于没有去。代替兄去的事,就是祖母、母亲们把旧衣裳和点心包了几个包裹,送到受害的地方去。

这桩事情就这样了结。从兄对于父亲的哑谜已经解消,可是,这事到后来依然留下可悲的结果。无论怎样,在儿子看来,父亲总是一个哑谜。纵然受儿子的轻视,但尽有不能轻视得完的哑谜留在那里。如果被父亲发怒说:"若是被人知道,我是很为难的。"这件事在兄方面似乎很受了感应。后来兄讲易卜生著的《玩偶家庭》的情节给我听的时候,他谈起了这件事。那时兄对我说:"以往本是一个孩子,一到了十七八岁,在精神上已是觉醒的时候了。若是心里一点理解也没有,一味说学生只管学生的事便好,说这种话的人,当然要受人的轻视的。"

[注]译者按:W川即渡良濑川。铜矿的毒汁流入川内,数十里内的田亩悉受损害,农民骚然。社会主义者内村鑑三、片山潜、阿部矶雄、木下尚江等赴各处演说,引起同情。

十一

因为矿毒地方的事父亲和兄冲突的时候,听说祖父照常把背靠着柱头坐着,自始至终一句话也不开口。这事令我觉得有点奇妙。为什么呢?因为A铜矿[注]起初本是祖父劝诱了F,大家在一起经营的。

祖父年青的时候是二宫尊德的弟子,住在野州地方的今市,A是一座有希望的铜矿,祖父在那时就知道的。到了明治时代,祖父做了福岛县的参事,假如不发生什么事故,他决不想处分那铜矿,不幸旧藩主的家门式微,在不能过去的时候再三地来拜托祖父,祖父终于辞了自己的职务,做了旧藩主家的账房。他想恢复这一家的倾危的运命,到底不是普通的事,正在为难的时候,因为有这种需要,所以他想起了A铜矿。

在那时候,F的为人,正像一个F。他原是那地方的井筒号(大概是从前做过诸侯的御商的店家)的账房,店家倒了,他便闲着无事。有一次他和祖父闲谈,祖父提起了铜山,如果大家愿意合力开办的话,于是就进行了。

F是倒闭了的店家的账房,所以矿山的名义是由祖父出面,祖父两袖清风,资本呢,是由祖父去向藩主商量,由藩主拿出来的。

矿山开发了。旧藩主家和F都发了财。正当这时,旧藩主方面反而出来责难,说华族没有开采矿山之理,于是起了排斥祖父的运动。

祖父想,假如自己抽身,也还有别的危险。后来矿山完全让给了F。

本来是为藩主出力的事,矿山虽然开发,祖父和发财全无关系,依然赤贫。父亲那时在福泽谕吉的义塾里读书。单靠祖父做账房得来的薪金,无论如何不敷吃用。祖母或是开设酱园卖酒,或是开设公寓,好容易把生活维持下去。

这种情况是F所知道的,在祖父把矿山让给他的时候,他送了一千块钱,作为谢礼。那时的一千块钱,在贫穷的家庭,就是一大注。从此以后,家中的生活才觉宽裕。

不过早就这一点看来,祖父所做的事,或许像一种受贿似的,即使不然,也像是祖父站在F的下风,拿他的钱。其实并不含着这样的性质,若是知道祖父的人,不必说明什么,也容易使人相信的了。所以我写出这一点,聊以代替说明。

兄对于这种消息,什么也不知道。如果被他知道,或许更会引起他的反拨的感情。并且对于父亲所说的话,更要不愉快。兄不知道,反而于事有利。

在极明了这桩事情的父亲,对于兄的行动,不得不顾虑到F的那方面,也是极有理由的。

我以为奇妙的,就是当谈话时,自始至终,一言不发的祖父的心理。

这是我的想像,明确的事实,我还不知道。不过,由自己开办的铜矿的矿毒,使W川沿岸的农民陷于绝望的事,在祖父一定也是关心的。二宫尊德是一个尊重农民的人,祖父是他的弟子,只就这一点说,即使这事和祖父没有关系,他对于农民的痛苦也不会冷淡吧。加以由自己开创的事业的结果,成为这样悲惨的状态,我想祖父的心里正为忧闷所苦。现在自己的儿子和孙子突然在激烈地争论这个问题,他除了默着倾听之外,没有办法了。

兄以为这个问题的理由只有一条路,同样父亲也以为这问题的理由只有一个。可是在祖父呢,以为这是两三种原因拼合而成的问题。

想起祖父那时的心绪,觉得他有无可奈何的寂寞。也许人到了老年时,不时要尝着这种苦味。

[注]译者按:此指足尾铜山。

十二

祖父到了晚年,渐亲佛教,尤其是"禅"。

祖父常说:"可惜懂得迟了一点。"虽然这样的年龄,还以可惊的精力在用功。上了年纪的人,早晨大概在两三点钟就醒了。他借了枕旁的台灯,诵读佛书,一直到天亮。在早晨又做早晨的事,必定习字,他临摹空海的风信帖的原影印本。

祖父是一个身体魁梧、丰采蕴藉的老人。并且我记得他有一双很好的眼睛,稳静而有力,但那眼睛没有对人放过瞵瞵的光,这在做孙子的我,留存了好感。

我只有一次见过祖父哭泣。那是日俄战争的里沟台一役,亲戚中某青年阵亡,接着通知的时候。祖父从早就爱这个诚实的、性情温良的青年。

"唉,可是这是有名誉的事呀。"有的当场这样宽解他。

祖父说:"现在就死了,怪可惜的。"说时,泪珠接连地流到面颊上。

后来我在青年的家里,得见战地送回来的军用行李中,有祖父的字联。那是青年出征来告辞时,祖父写赠他的。

霸者民忻忻如　王者民悠悠如

祖父为那青年选了这两句话,我以为很有意思。不要使得部下忻忻然,要使得悠悠然,注意到这一点,是很高明的,并且是很能了解那青年的性质的注意。做一家之长的祖父,他的态度确乎是如此。在家庭中,充满着一种悠悠的情趣。祖父死后,我们才觉得怀念他。原因是父亲做了新的家长,性格古怪,威胁家人。

积金以遗子孙,子孙未必能守。
积书以遗子孙,子孙未必能读。
不如积阴德于冥冥之中,以为子孙长久之计。

这是谁的笔迹呢?一幅写着这些句子的轴子,祖父常把它挂在寝室里的壁龛上。这样的句子是客栈里的纸门上也有的极陈腐的东西,然而祖父把它挂起来的意思,在我们大家倒觉得和情形吻合。句子虽然陈腐,因为用它的人的原故,反而适宜。所谓警句,无论是谁说的,都能相当地感动人。陈腐的句子,在当初被人说时,有一种新鲜与充实,现在能够把这一点传达出来的人是很少的。或许是我偏祖祖父,我以为祖父常常能够如此。

"积金的人是父亲,积书的人是我。"兄有时看着那轴子笑着说。说这话不久以前,兄因为要买价值五十圆的莎士比亚集的牛津版,和父亲吵过嘴。

可是那幅轴子在祖父死后不久,不晓得到哪里去了。一定是父亲送给人家了。

十三

一句话说完,祖父健在的时候,父亲和兄二人之间,没有发生什么大不了的事故。一到祖父死后,因为一点无聊的事,感情就破裂了。

祖父在八十岁上死了,那时是夏天。兄那年进了大学,叫了父亲所称赏的一家西服店来,做一套大学生的制服。这家洋服店的价钱很贵,在价钱贵的店家制衣,兄觉得心里不安似的,所以衣料不用哔叽,只选了毛布。更因为在穿着哔叽服的大学生里面,自己穿上厚厚的、质色不同的毛布服,似乎有几分潇洒的原故吧。

定夺以后,父亲知道兄在这家店里制了衣服,便不论是非,大发脾气,责兄奢侈。兄最初说讨饶的话,兄说,大学生的制服,普通是哔叽的,用了毛布,虽说价钱贵,可是比较在一般店家做哔叽的却便宜了。父亲不听兄的说话,依然大怒。他说,不管别的,你在价钱贵的店家做衣裳,这种奢侈的精神最不好。其实父亲自己也有点不留心,为什么呢？在一个月前,他替在小学校读书的妹妹们缝夏服也是在同一店家做的。兄的心里还记着此事。兄想父亲虽是有点不愉快,可是曾经在那店家做过衣裳,未必公然发怒,我这样揣想。然而兄竟被父亲怒责,兄也在心里发怒。不过不敢把妹妹制衣的事说出口,默着不作声。虽然不作声,不愉快依然是不愉快。这时父亲对于这一点装做全不知道的样子,他毫不思虑地骂说:"衣裳的假样做好或没有做好都不要紧,快些去回绝他。"兄听了这话,终于真正地发怒了。

兄的脸色变青了,身上发抖,架起身子像要去撞击父亲的样子。我想如果撞击了就很麻烦,我赶快隔开,硬把兄拉到他的房里去了。

"这是恶意,完全是恶意。"兄独语似的说。

这次的冲突,根本是无聊的。照兄所说,衣裳的价钱并不贵,即使衣料用了哔叽,价钱虽贵,那时的市价,不过相差两三块钱,至多不过四五块钱。在父亲的意思,或许以为这种事不设法取缔,将来便可担忧,这就是他的理论。

当这种时候,父亲的性质是不能够平心静气地说话的,所以他马上发怒。并且一怒之后,他就把最初的理论上的目的忘却了,只是对兄刺刺不休,好像得着了机会,连听辩解的余裕也没有,不管是非,不加限制地发作一顿,这确是事实。父亲说"衣裳的假样做好或没有做好都不要紧,赶快去回绝他",就是"衣裳的价钱让我来付,你要在这家店里做衣裳可不行"的意思,这在兄是懂得的。

父亲最初的理论上的目的,不知跑到什么地方去了,剩下来的就是收不回来的牺牲,真是愚蠢的事。

过了一周或是十天。那时父亲在北方的某处,新买下了农场。父亲劝兄去看看,祖母、母亲和我都喜欢,兄也快活。这时兄悔恨从前对父亲的样子过于粗野,对于父亲的劝诱,心里很快活。

两人出发的时候,我到上野车站去送行。父亲自己乘头等车,叫兄坐二等。同乘一次列车,却分开来各坐各的,令我有点诧异。

在父亲也有如果真能爱兄,岂不是好的意思。但当面对面看着时,两人都感到与所谓情爱隔离得很远的感情在那里彷徨。所以虽然同乘一次列车,也使他们各人走各人的,发生这样奇异的事。

十四

自从前次冲突以后,大约有一年没有发生事故。过了一年,就是翌年的夏天,兄突然说出要和家中的一个女婢结婚,那时又起了激烈的冲突。

这次冲突的详情,略去不讲。单写在这次冲突之中,偶然发生的事故。这事在兄自己是出乎意想的。他对于父亲的好感,在无意中现出来了。

兄要和女婢结婚,是否脱离家庭,家中正为此事骚扰的时候,父亲正在把自己创立的铁道让归国有,为移交与清算,非常忙碌。并且不单是忙,据说因为赏金的分配不公平,正和以前N铁道发生的事一样,重要职员把自己所得的赏金,重新吐出,然后才安静无事。职员要使这次的结果和 N 铁道相同,所以站员和其他多数人屡屡发生骚扰。

据报纸所传,几个重要职员所得的赏金,和将近千人的站员,还有其他全体人员所得的比较起来,重要职员所得的反而是多数。

家里的人对于那些作不平鸣的人,认为是下贱的暴徒。只有兄一人,他说重要职员的办法不好,加以反对。

"这是体面的股东们在一起决定的事,不见得有什么不公平。"母亲的脸上有点不快,对兄这么说。

"可是像 N 铁道那样,所谓体面的股东所决定的办法,就是不公平的。重要职员把收受了的钱,重新吐出,好容易才得平静。"兄说。

两方相持不下,有一晚上,家里得了通知,说站员们散会以后,要成群地拥到家里来。同时来了许多警察,把门关闭,戒备起来。

过了一会,约有二三十人,骚然地谈着话走来了。这便是那一群最初以为他们很愤激着来的人一定不少,但是出乎意料,他们的气焰却也平常,戒备的人反没有用武之地。我们倒安心了。

依警察的计划,叫一个代表进内,和父亲会面。那人是某车站的助手,身体结实。父亲和他在门口的屋里会见。父亲照例马上发怒,那人也不肯示弱,大声争吵。

那时最替父亲担忧的人,就是兄。当两人谈判时,兄蹲在纸窗背后,因为特别兴奋,身体也发抖起来。我站在旁边,不知道他为什么这样担忧。实际上没有发生什么事故,如果那人加害父亲,兄一定跳出来殴打他的。

那人说:"请你把赏金的分配表拿出来给我看,如果没有不公平的地方,这点事总不妨做一做吧。"可是父亲连这点也拒绝了。结果不得要领,那人由警察带着走出门外去了。

兄这时的样子,我以为奇异,心里感到愉快。这时兄因为自己的问题,对于父亲极无好感的。可是他把这事搁在一旁,为父亲担忧,不愧是骨肉的奇异的本能,我受着了良好的感触。

十五

分配赏金的问题,结局变成了多数人的忍气吞声。充当代表的那人,多少负一点责任,所以他叫大家拿出活动费来,到了事情弄得不明不白,他不免受了众人的责难。又因为失业,生活也受压迫,结果自暴自弃,手里握着一根粗手杖,隐伏在我家门前,等待父亲的出入。

我的小妹妹们很怕这人。

庭园虽然宽大,因为父亲珍贵,妹妹们怕父亲责骂,所以她们游玩的地方,反而在大门的内外。现在她们游玩的地方都被夺去了。

"哥哥,哥哥!那人怪可怕的。"妹妹这么说。

兄就对我说:"芳三,你去和那个人谈谈。"

"哥哥和我一块儿去,我和他谈也好。"我说。

"这种事用不着两个人一起去谈判的呀。"

"所以请哥哥一个人去说吧,芳三哥是托靠不出来的。"妹妹说后,兄终于走出去了。

兄把那人领进大门里来。

"要谈公司的事,请到公司里去。到我家这么看守起来,小孩们害怕,连游戏也不敢出来了。因为公司的问题,单是我父亲的问题,和小孩们一点关系也没有。"

"这用不着你白费心,我如果侵入你家,又当别论。我站在街上,用不着你唠叨呀。"

"什么话。"兄躁急地说,"你讲这种道理吗?"

"有什么道理不道理?"

"那手杖是作什么用的?你想用来害我的父亲吗?你干这样的事,我可不由你的。"

"你何为说这话?我是不会被你吓退的。我做的事既有主义,也有主张,这不干你们公子哥儿的事,乖乖地走进去吧。"

"既然那样有主义有主张,为什么不当作一种公的问题来争斗呢?手里提着手杖来窥探,这可不行。这边并非对于你们的主义和主张在说闲话,在讲你不该到我家的门前来窥探,因为你站在这里的原故,使得什么也不懂的小孩们害怕。把问题当作问题,由社会解决,我宁说是赞成的,为什么不这么做呢?"

"没有财力呀。"那人苦笑着说。

"财力?"

"也没有学力。"那人以为兄未必敌得过他,现出平稳的样子。

"哼,那么的需要财力和学力!"

"要的。"

"纵然需要,自己没有也不要紧,和别人商量好了。"

"和什么人谈呢?"

"还是社会主义者好呀。何不到 S·K 或是 KS 那般人的地方去谈谈呢?"

"社会主义者吗?"

"不是社会主义者也好,是社会主义者就更容易了。"

"是吗?"说时,那人自己摇摇头,又从衣袖里取出卷烟,擦了火柴说,"这回的事,我来讲给你听。"

"听够了。"兄马上回绝他。

"为什么?"那人抬起脸望着兄。

"大概都知道了。听多了,对你们发生同情,反而为难……"

"有什么为难呢?……"那人突然现出了不服的脸色。

"为难呀。对你们同情,我又不能为你们的便宜打算。为了这点,反而使我这方面发生种种不愉快的事。"

"这是什么意思呢?"

"得了。别的不说……你改变态度,不必朝'私'的方面求解决,要在'社会的'方面解决才好,千万不要使性。"

"可是有不能如此的苦衷呢。"

十六

那人所说的,前面也尝说过。就是他负着责任,要大家拿出活动费来,这事不能如意,现在不单是活动费,连自己的生活费也没有了。再过五天,如果事情还不解决,他和他的妻子非从目前所住的小客栈里搬出不可了。

"这可不行。"兄说。"我们一起到外面去走走吧,一边走一边谈谈。"兄说完马上走进自己的屋里,戴上帽子走出去。

以下的事是后来听说的。

被吃饭的事所驱使的工作,即使是正当的,也因为杂着自暴自弃的分子,所以容易被人误会,并且实际上也的确容易变成不纯正。所以如果可能的话,不要单为窘迫的生活驱使,须正确地把问题解决了才好。兄对他这样说。兄听那人说有了十块钱可以吃半个月,兄就把那时仅有的十块金洋钱送给他。那金洋钱是改变"金本位"的时候,父亲作为样本送给祖母的,祖母马上送给兄。兄舍不得用,用纸包好放在书桌的抽斗里。兄想起了这个,就带出来送给他了。

兄又对他说,在事件解决以前,他的生活费由兄拿出来也行。那人快活了,便称谢回去。

可是仔细想起来,管事管到这个地步,觉得没有道理。即使是一文钱,也不是兄自己挣来的。兄的零用,是向家里拿的。当这个时候,他又按月寄学费去给那个女婢,他叫她在一个乡下的裁缝学校读书。况且虽是小客栈的生活,也有亲子三人,兄居然担承下来,这在学生时代的兄,宁说是太勉强的事。还有,他从父亲得来的钱,悄悄地花费在反对父亲的人的身上,这种行为,无论怎样,总令人不快。那人有那样的体格,却用某种目的做口实,反不去劳动养活妻子,也没有这样的道理。

兄把这些话都写在信里,在晚上寄出去了。并且附带说,在从前为了某种正当的目的,使妻子饥饿,甚至于牺牲她的性命,或许认为是对的,现在可不行了。

在写信的时候,这事业并没有触着兄的良心。回绝的理由是堂皇的,井井有条,连兄也以为得意了。可是那信寄出以后,兄突然忧郁起来。

既然答应下来,却又罗列理由拒绝,这正是从自己的弱点而来的。在没有答应以前,应该想一想是非。不过已经答应,就用不着再想是非。这是规避的打算。是怎样的软弱呀,是怎样的不知耻呀。兄这样地讥讽。

兄和千代(女婢的名字)的事也是如此。虽想澈底解决,却为自己的弱点所支配,现露出破绽,或许自己是什么事也做不成功的人……

兄这样揣想的时候,出乎意料,事件已经解决。大约过了十天,那人来了一封信,向兄道谢。信里说,事件和社长交涉,一切都弄妥帖了,请你放心。并且写着,你说没有叫妻子饥饿的道理,我在那时像刀刺似的受了感动。

各走极端的交涉,为什么解决得这样迅速,详细的情形,我可不知道。不过因为有兄加入,使得那人的反抗的情绪,多少改变,乃是事实。还有始终来和父亲交涉的人,因为兄加入的原故,便改向社长交涉,就是说,结果兄使他的方向从我家改变到社长那边去了。依我的推察,这事令顽固的父亲起了早些使事件解决的心思。父亲对于这事始终没有说起什么。我想父亲对兄所做的事,或许不会当作恶意吧。

十七

我是照着记忆所及的写下来,事实的时间顺序,在阅者有一点模糊了。现在简单地把直到现在的事实,依照年岁,重说一遍。

三岁时,赴京。由祖父母抚养。

九岁时,生母死,我的母亲来归。

十三岁,入中学。

十九岁,入高等学校,前一年,因W川沿岸的矿毒事件和父亲争吵得很厉害。

二十二岁,入大学,正月祖父死。是年的夏天,因制服的事和父亲冲突。

二十三岁,夏,女婢事发生;秋,和因赏金分配不平而来的人交涉。

二十四岁,大学中途退学,此时没有冲突。

二十五岁,短篇小说集出版,说要自己过活,到小豆岛去。

写了出来,就是这样。

(我的话跳得远了)这里想写一写兄在小豆岛的生活,兄在那里的情状,并不如他所预期的。第一他没有朋友,这事在兄便不能忍耐。兄说在那里半年,没有大声笑的时候,也没有高声叫过,这或许是真的。

兄所住的地方,是三开间的平屋的头上一间,不过是六张席和三张席的屋子。隔壁住着七十岁的老公公和六十岁的老婆婆,老公公做着闲散的工作,在一家商船公司里管票。这一对老夫妇似乎对兄很亲切。

兄打算在那里写好他以前计画的一种长篇小说。写好以后,他可以得一年或一年半的生活费。兄常是在夜里做事。他有一种习惯,兴奋的时候,喜欢在房里走来走去。他所住的地方虽然窄狭,总得要走来走去。地板的一部经过房间的间壁,和邻室的地板是共通的,兄在这边粗乱地走,邻室的老公公和老婆婆的寝床下的地板就磕磕地响起来。这在容易醒觉的老年人是很受累的,可是并没有不高兴的脸色,兄后来怀念旧情,对我说过。

夜里两三点钟的时候,从静寂里来了一种声浪,耳里觉得吵闹,兄写倦了,便放下了笔,吸着卷烟,这时陡然听着老公公的沉重的声音。

"啊——啊,困乏了!"大声地在自语。老公公醒了,正在等待天亮。这种时候,兄不觉微笑。

在村前开点心铺的人,从前是一个唱曲子的,现在又兼做教曲的师傅,兄想做他的弟子。兄因为太没有说话的机会,渐渐变得阴郁,所以学曲子,尽所有声音唱了出来,他的目的,就在于此。他第一次去学的时候,买了三十次的学习券,那天用了一张,从此以后,就没有去了。目的虽已打定,据他说总没有大声叫喊的心绪。

兄在十月里到小豆岛去,翌年的三月,他憔悴着回来了。兄打算再去,所以把行李留在那里。大家见了他的衰弱的样子,不忍让他去,止住了他。

兄的长篇小说终于没有完成,因此之故,自己过活的话当然取消了。

十八

从小豆岛回来,消瘦了的兄,和亲密的友人每天来往,他的健康意外地恢复得快。原来的消瘦,本是由于心里快活不快活的缘故。健康为心绪所左右,乃是主要的原因。

在六月上,兄很有精神,他和两三个友人到上州的赤城山去了。我记得他给我的信里,写着新绿的美丽、杜鹃花的绚烂。不料过了十天我们忽然接着兄受重伤的消息,吃惊不小。我和母亲立即到前桥的病院去看他。

走到那里,出乎意料,和我们在途中所想的全然不同,至少就外貌看,兄的容色是很安然的。

有两位朋友陪着他。据他们说,在三天以前,病况很不好。因为起了脑震荡,头脑有点儿糊涂了。

兄说给祖母知道了吃惊不起,务要说受伤不重。又几乎终夜反复地问:"近来自己到小豆岛去过吗?究竟去干什么的?"

"祖母那边你放心好了。"

"唔,是吗?"他立即清醒了。不到一分钟,他又问了。

"我到小豆岛去过吧。""去干的什么呢?"

"你去用功呀,写长篇小说……"

"什么长篇小说?"

"描写你自己的长篇呀。"

这样说时,他似乎懂得了。可是隔了一会,又问起祖母。等到这点明白以后,又问起小豆岛,没有止境地唠叨。友人们用累乏的不安的语调对我们这样传说兄的病状。

有时兄又这样问:

"究竟我的伤是致命的吗,抑或有救?医生怎么样说?给我说老实话呀。"

"自然是不要紧的,有医生担保。"兄听了这话,说他欢喜,不如说他异样地快活。结局兴奋到那晚上睡不着觉。

兄受伤的故事,听了令人悚然。据说他们 Picnic 到一处溪谷,那里有一条名叫什么泽的清流。在路上,寻取名叫"水菜"的野草,"太郎树"(其实是槐树的穗)的嫩芽,还有木藋。到了那里,他们拾取溪流里的石头,做了一个灶,把锅架好,开了带来的牛肉罐头,和摘取的野菜同煮。大家分担职务,有的起灶,有的把葡萄酒和水果放在溪流里冰凉,有的洗食器,有的砍柴,有的预备食桌。

兄担任砍柴的职务。在谷里,落下来的枯枝,不是朽烂的,就是潮湿的。兄想得枯燥的树枝,可是大家正谈得有趣,忙着准备的时候,自己一个人也不想走出谷外去寻找。兄攀上一棵横伸在谷上的高树。在上面寻觅枯枝,把它折下来。

"危险呀。"这样说时——

"不要紧!"他在树上答。

十九

"喂,喂,有鸟巢呀。"兄在那棵大树上叫大家。一只生着茶色胸毛、动作敏捷的小鸟,从这枝上跳到别一枝上,频频地叫出急迫的啼音。

"怕我夺它的小雏,在担忧呀。"兄立在树杈上朝树下说,既而又在对鸟说话,"不要心焦,我不来夺你的。"

枯枝和树干的交接处,腐朽成一个五寸光景深的洞穴,鸟巢就在穴里。颜色淡红,毛还没有长满的小雏,居然会感到有什么不安,互相倚靠,在穴里面动来动去。

兄注意看时,母鸟像发狂似的即刻飞到兄头上的树枝,在那里啼叫。

"不要紧的……那就算了吧。"兄说后,就不再窥探鸟巢了。他再想采上面的枯枝,攀上树干,陡然地……

"哎呀!"兄叫了,他狼狈地攀下。

"怎么哪?"

"蛇呀。"说时,兄急急忙忙地攀下来。

下面叫说:"危险呀,当心点!"大约和这声音一个时候,兄的脚踏滑了,手里还握着忘记舍去的枯枝,四脚朝天地跌了下来。

后来听兄说,隔开一丈多远,有一条紫色的蛇,也在那里窥探鸟巢。兄攀上去时，就在兄的眼前。那蛇"唿"的一声，伸出它的箭舌。紫色的蛇我还没有听见人说过，蛇会"唿"地发声我也觉得奇怪，可是兄的确这么说。

兄从三丈多高的地方，四脚朝天落在有石头的地方。大家惊骇了，赶快跑过去。

"没有什么。"兄说时还立起来，可是又立刻倒下去，就昏倒在那里了。

虽是仰着跌下来的，可是头部的伤在顶上，从伤口惨然地流出血来。朋友中的一人，解下自己的腰带，紧紧地为他裹起来。过了一会，血止住了。至于伤创，还是背部的跌伤比头部厉害。

朋友中的一人，抱着意识不明的兄，大家商量办法。抬回客栈去请医生，抑是即刻送到前桥病院。这时陡然地——

"送我到前桥去吧？"脸色灰白的兄闭着眼睛这么说。

"你在路上能够忍受吗？"

"能够。"

"那么，就这样办吧。"

人力车、马车都没有，来去有几十里的山路，要等候医生的到来，这事在大家是很焦急不安的。

后来到比较相近的沼尻的客栈里去借了门板和棉垫，叫兄俯卧板上，大家抬他到五六里路的箕轮地方，再从箕轮雇了四五个人夫，两旁由友人护卫，到了晚上才抬进前桥病院。

二十

兄的伤到退院时一共过了二十天。

退院的那天,外科医长说:

"头部的伤全好了,但是背部还要稍加注意。我相信不至于……可是万一变做了脊椎溃疡就危险。在两三年内不发,就没有事了。"

兄回到东京。从那时起,在一家外科病院受局部的热气浴,过了半个多月。经过这次治疗,又到汤河原的温泉去保养。

兄在前桥病院时,家里的人换替着去看病。姐姐那时有孕,不能够坐火车,她没有去,别的人都换替着前去,只有祖母和父亲一次也没有去。

父亲一则因为事务太忙,二则因为还有隔膜在那里,这是事实。在我想来,兄的伤如果是致命的,又当别论,否则父亲特意到前桥去,在他自己以为是让步似的,即或不然,也像是一种伪善似的。这一种隔膜的情绪,或许使他不能够去看病。父亲的性情率直,假使去了,兄是怎样的快乐呢?我想他比任何人去看他更要快乐吧。可是兄的这点心绪,父亲是不能理解的。我揣想父亲也想去,后来想想又不高兴去吧。在别一方面,父亲仍然不冷淡,他拿了礼物,亲自走到兄受伤时承得照顾的友人的家里去道谢。

由我说来,送礼的事派我去做,把这点时间到前桥去走走,这就万事都和好了。可是父亲无论如何不肯,我想正和兄赴小豆岛时一样,兄不肯自发地到大门前向父亲告别,这时父亲也有意不到前桥去看病。这是二人的性质,这是从二人的关系上生长出来的怪癖。

真正担忧兄的负伤的人,非说是祖母不可了。恐还不只是担忧,连祖母自己也受了此事的刺激。祖母每天朝晨,不是差母亲,便是差女婢打电话到前桥探问兄的病况。她自己却没有去过一次,那时身体还康健,如果想出门,是能够出门的。终于没有说起要去,是因为祖母见了受伤的兄要骇怕,要受极强刺激的原故。

戊辰之役,参加战事的十六岁的父亲的同队的兵卒都死完了。祖母听着这消息时,就想到:"要死起来,也没有办法,可是不要死得奇形怪相的。"祖母过了四十多年,到了如今,因为兄的负伤,刺激得那样,原因之一就是年纪使然,因为衰弱的心身,经不住刺激。

不过祖母较之任何人都担忧,想到她那样担忧,却又因此不能看病的老年人的情绪,真是叫人悲怜。

二十一

背上的伤,只有两处皮肤组织起了变化,变成淡黑色的伤疤,却意外地复原得快。

"从电车上跳下,扭着背脊骨时,怪疼的,平时没有什么。倒是医生说完全好了的头部的伤,虽也许痊可了,只是容易忘记事物,觉得很苦。"兄说过这些话。

血流得太多,听说就是神经衰弱的原因。为了这个原故,兄多少患了神经衰弱。

半年过去了。家中替兄物色妻子,这是平时没有做过的事。

"昨天T先生的太太拿了这照相来。"说时,母亲就拿一张六寸和一张大型的照相交给兄。

兄看一看那张六寸的,这时我在旁边,随即静默着递给我看。像上是一个圆脸、小鼻子,好像温良似的,却并没有什么特色的女子。

兄在看另外一张家庭合摄的大照相。

"这就是她的母亲。"母亲伸过头来看,用手指点。

"是,很像呢。她的年纪老了,也就和她的母亲一模一样了,我得仔细想想看。"兄说。母亲笑起来了,又说:

"这一位小姐和从前提起的那位比起来,你以为怎样呢?"

"还是那一位好些,尤其是她的妹妹,要算是最优等了。"

"她的妹妹可不成,一则还在学校读书,再则是一个喜欢出锋头的,听说她希望嫁给做外交官的人。"

兄又把照相朝我这边递过来,说道:

"出了学校,她的念头也不会改变吗?"

母亲有点舍不得,把我放下的六寸照相拿起来细看,又说:

"这位不及格吗?在我看来像一个温良的好小姐,说是别的,宁说是像一个小心谨慎,适宜于家庭的小姐。"

"我是不适宜于家庭的,妻子如能适宜家庭好呢固然是好……"

"你看怎样,祖母也说这位小姐好呢。"

"讨厌的地方倒没有,不过,平凡得很。"

"凡是温良的人,都带着几分这种的倾向。如果年纪老了,她的平凡一定是不坏的。——一个家庭是要平凡才好呢。"说时,母亲笑了,接着又说,"不过这种事有时一点小小的地方看得中意,或是看不中意啦,总之是因缘,别人不是劝得来的。"

"T太太的嘴信用不来……像前次看过的,拿了五六年前的照相来,相貌是拍得年青一点了。究竟是做媒的抑是那边的过错,这可不知道,总之,太开玩笑了。"

"不错呀。"两人都笑了。

那张照相和五六年前在《妇人画报》上登出来的是一个样。

我想,医生对兄说过,两三年内要留心脊椎溃疡,现在可以结婚吗?听说脊椎还没有完全复原,如果结核菌进去了,就要变成溃疡,这是十中之九没有法子医治的病症。兄像把这事忘记了,却坦然地谈什么结婚,这是糊涂抑是狡狯呢,我有点不明白,我不快活了。

可是兄的样子一方面知道这事的危险,他方面又在决断不应该断的事。

二十二

兄单是看照相,很难如意,无论提起哪一个女子,他总含糊地回答。

这时兄有一个好朋友知道兄想结婚,便写了信来,劝兄娶他的堂妹妹,她和兄曾经会过两次。

兄在早对于她,就怀着某种程度的好感。她的境遇是很可怜悯的。她结婚一两年以后,就和丈夫死别,抚养一个男孩子和丈夫的父亲住在一起,父亲呢?患着中风病,她看护他,过了两三年。

兄以为家中不十分反对就和她结婚,却又不想和父亲猛烈地冲突后再去和她结婚。他在发出回信以前,打算和家里商量,他先对祖母和母亲说明一切。可是她们对于再嫁这事很不中意。其实这事在兄自己也成为问题,他自己的事搁开只暗暗放在心里盘算。现在他被祖母和母亲这么一讲,他反而说:"不能够只是挑剔人家哪。"这样一来,就连自己的问题也一起解决了。

祖母和母亲没有十分反对。第二天母亲把这事和父亲商量,父亲马上拒绝。

那家人家不是公卿华族,就门阀说,还不够父亲私下里所规定的条件,财产没有数十万以上。父亲反对,就是因为这一点。

兄本来决定不发脾气的,可是结局依旧发怒了。父亲把不成理由的事当作理由,用来左右自己的运命。这种意识,使兄不能忍受。

可是结局没有把自己的忿怒在父亲面前发露出来,这宁说是奇怪的事。一则因为兄和她没有直接谈过话,兄虽然知道她,她或许把她和兄会面的事忘怀了。再则兄以为运命的发芽还太细小,即使此事作了罢,也不会改变正在进行的运命的方向的。

虽是这样,兄还是发怒,正同以前一样,父亲的拒绝,刺激他的抑制着的怒气。

父亲预计兄要来冲突的,但却没有来,他对于兄一向所无地柔顺。也许是中意了吧。他忽然打定了主意,那晚上要带大家到山王台的京都饭店去吃饭,马上打电话去定座。

兄立即走出去了。

那晚上父亲在饭店里很扫兴地问:

"芳行为什么不来呢?"

在兄呢,他忍耐着不直接在父亲的面前发怒,他不想坦然地在这种地方和父亲一起吃饭。兄也许要说,不发怒并不是不怒呀。

那晚上兄回来很晚,他写了一封拒绝的信寄给他的朋友。

二十三

过了不久,一位在欧洲做卖买,出洋很久,名叫 H 的亲戚回国来了。他知道我家的事情以后,他就说:

"这是因为两方的意志没有疏通的原故,哪里可以袖手旁观的呢?老伯说的话是老伯的时代的人所说的,不能说是无理。芳行君也不是不讲理的人,让我来居中调解吧。我一定把事情弄好给你们瞧。我去寻一个能使老伯和芳行君都满意的媳妇来,结婚以后就可以分居。到了求牝年纪的儿子老是和父亲住在一处,吵吵闹闹是当然的事。请祖母和伯母放心,把这件事交给我,我一定替你们介绍一位合意的媳妇。"

H 因为一种出洋回来的人常有的优越感,以为这家人的纷争是很愚蠢的,不值一笑的,所以他起心——"让我来调解吧"。

他对兄也说过同样的话,后来兄对母亲说:"H 君说的话,像处理什么事务似的口调,岂有此理!"

"可是他特为这样亲切,不要辜负他的好意,并且他的交游很广,一定能找到一个合式的新娘。"

过了四五天的一个晚上，H现出兴奋的样子很晚地到我家来了。来时就说：

"有了极好的消息，等到明天再慢慢地谈。今晚上我睡在这里，有些疲倦了，让我睡觉吧。"他要说的是什么话故意不对谁提起，就睡觉了。

H的措置笨拙得很，他的计画别人都看透了。这在兄看来是怎样的愚蠢呢，我轻视他了。

到了第二天。奴仆还没有把客厅扫干净时，有一个青年绅士来找H了。这便是H替兄寻找的人的哥哥。H和他在客厅里谈了一阵，早餐前头，我们在祖母的屋里喝着茶，他走进来了。

"昨晚上稍为晚了一点，所以没有谈……"他像预定好似的说。

据他说，现在来的人，是某高等学校毕业，名叫U的法学士，他的班次在H之后，在学校时彼此不知道。昨在同学会里遇着，散会后因为同路便一起回来。谈了种种的话，说到他的妹妹的身上。H不肯放过机会，在他的妹妹的身上问了许多话，他问H为何盘问这些话，H把这边的事告诉了他。U说对于兄很熟悉，他读过兄著的小说，所以对兄的为人大体可想像得到。

H和U二人越谈越起劲，走了不少的路。H说这边的事情已经对他说过，那边的情形这边也知道了，这是很好的因缘。又说到那女子从学习院女子部毕业以后，就在双叶会学习法语和英语："她的外国语较之乃兄还要道地呢。"

兄显然露出不高兴的样子。自己的婚姻由人家布置，在兄认为是一种侮辱似的。前晚上偶然遇着的人……谈起见也没有见过的妹子……今天早上一声不响地叫了她的兄来……

二十四

"因为话讲不完,明天我到公事房以前,请来谈谈好吗?U这么说。——他是在内务部办事。——怎么样?芳行君,你去见他好吗?"H对兄说。

"那可不行。"兄不高兴地回答。

"为什么?"

"不是为什么,令人为难。——你听他的话听得中意了,可是我是不是和你一样也听那些话,这就不知道了。"

"唔,也许是这样。可是,怎么样,不要这么疙疙瘩瘩的呀,爽爽快快地去会一会好不好?其实U君爱读你的小说,你用会一个爱读自己作品的人的心绪去会他好不好?"

不相干的人说起自己的小说,因为神经质的原故,兄觉得讨厌。这样一来,兄更愤愤地阻止他多讲。

"无论怎样今天不去会他,要会他须在一点不勉强的时候相会,就这样吧。"兄说。

名叫丰子今年十六岁的我的妹妹从廊下跑来,唐突地拿一张照片交给H。

"U先生,是不是这人?"她说。

"或许是的,"H看了一阵,这么说,"眉梢眼角有点像她的哥哥。"

"什么?"一向没有开口的母亲伸手从 H 把照片拿了过来。

"U 小姐在小学校比我高三四级,大约就是这位 U 小姐吧。我听着你们说起 U 小姐,我想或许就是她,所以把照片找来了。"妹得意似的环顾着大家这么说。

照片从兄到祖母,从祖母到我,由我再交给母亲,大家轮流看了一遍。这是一张四寸的全身照相。相上是一个眼睛皮厚厚的,带着丑相的十六岁的姑娘。看那照片,除丑陋以外,身体的全部,还现出笨相,令人不快。

"你怎么会有这张相片?"母亲问。

"次郎君从前拿来的。他不是有许多相片吗? 就在那些相片里面。"

"不错,不错。"母亲点点头。

亲戚中的一个青年,因为想学照相从乡间出来,到一家大照相馆里去做学徒,他拿了许多印坏了的照片,送给妹妹们玩。这张相片也在里面。

"那就没有办法了,我到那边去一下。"H 悄然地立起身来走回客厅去了。

兄一边苦笑,拿起那张相片说:

"如果是你的话,你怎么办? ——我还想让他再看看这张相片。"

"别人特意来做媒,像哥哥这样说话不顾忌,人家觉得没趣。"母亲说。

"可是在母亲看来,这位小姐怎么样?"兄笑着把相片递过来。母亲微笑着答：

"是呀，我也以为不大好。"

"岂止不大好……吗？"兄烦躁地笑着说。

二十五

过了三天。晚上 H 快活地笑着走进来，丰子坐在屋里，他用手按着她的头。

"咦，咦，不——要——开——玩——笑——呀。"说时摇动丰子的头。

原来那张 U 小姐的相片，是妹妹弄错了。只有眼皮厚的地方有一点像，其实是另外一个人。H 那天到 U 的家里去会见了她。想起事情的错误，不觉大笑。

H 拿了她的六寸相片来了。身上穿一件那时流行的白花纹的长袖礼服，坐在椅子上，是一张拍出七分身体的相片。果然，说到面孔，有的部分和前一张相片相像，可是一种端庄贤淑的姿态和前一张的迟钝完全不同。

"怎么样，丰妹？你也看一看。"说时，H 把相片交给丰子。丰子的脸上有点泛红，看一看相片，像发怒似的说。

"这是 U 小姐呢！"她立即把相片送还 H。

"叨你的光，我差一点把事情弄糟了。"H 说。丰子也不肯示弱，说道：

"这相片和那一张不是同样吗？那一张是她进学校的时候拍

的呀。"

"芳行君到哪里去了?"H问。

"中午出去还没有回来。"母亲答。

"这回我尽量尊重芳行君的意志,叫他仔细想一想,如果可以进行希望就进行去做,请伯母对他好好地说。"

"晓得了。"

"不过这位小姐不坏吧?伯母的意思怎样?"

正在说时,兄回来了。H马上把相片给他看。

兄看了一阵,这天却用了爽快的语调,与有兴头的调子答他。于是H说:

"那么我倒要谢谢你了。我今天去会了她来,在我看她真体面,做了你的太太,决不会丢你的脸。"

"可不是,如果是这位小姐,那是很体面的了。"母亲也这么说,又对妹妹说道,"为什么丰子会认错了人呢?不留心可不成哪。"母亲在警戒她似的。

妹妹的脸变得绯红了,睁着滚圆的眼睛看着母亲的脸。这时忽然现出奇妙的表情,伏在席子上大声哭起来了。

"蠢东西!"母亲说。

"算了吧,丰子。"兄在怜惜她,"实际两张相片很像,不要哭,好了,不要哭!"

妹妹却哭得止不住。我觉得有点麻烦,就对母亲说:

"快带她到那边去吧。"母亲拉起哭着的妹妹到别的房间里去了。

兄等 H 回去以后,对我说:

"好一出喜剧呀。"

其实这次谈论的婚事,如其顺利进行,那就真和兄所说的一样,是有趣的喜剧了。兄和她结婚,生出可爱的小孩,三人幸福地过活。兄无意地把这事的错误思索起来,他以柔和的情绪思索这种并无恶意的运命。于是他把这事写一篇轻巧的喜剧,这喜剧就是他在那时的思想是可能的事。

因为运命的一点恶作剧,惹起一时的藤葛。

在骚扰里面,事件忽然明白。大家都快乐了。大家忘记了恶意或别的,笑起来了。在喜气洋洋的当中,只有做了运命的工具的妹妹,一个人大声在哭。

(幕闭)

这是我希望叫兄写的喜剧,也是兄不妨写的喜剧,不过他终于没有写。事实上到了这一步,也是一出喜剧了。不过后来在我们都变做了悲剧里的人物,因为父亲反对这次的婚事。

二十六

当初 H 想站在父亲和兄的中间调停的时候,他说:"请你相信我,在某种程度,你肯让我办去吗?"父亲答说:"我以前也说过,媳妇的家门由我选择。中意女的或不中意,任随芳行的自由。如果你明白这个意思,在相当的程度,我让你去办好了。"

"懂得了。其实攀亲这回事如果不是门当户对,彼此都没有意思……"

H没有把事情问明白,就这么承应下来。并且他自己在心里盘算,U的父亲是在银座大街开店的大商人,而她的兄在内务部做官,也受别人称许,这样父亲未必有什么不愿意的。

在父亲方面虽说任凭H去办,依然有点不放心。那天早上他听H说过之后,出外时顺便坐车经过那家人家开的店门外。哪知道是一家小铺子,父亲便灰心了。到了公司里,他又访问那些消息灵通的人。

U的父亲本来不是一个大商人,加以最近生意失败,自己的住宅也让给人家了,在市外借了一间小屋子住,这些消息父亲都打听着了。父亲想:"这门亲事可不行哪。"

那天晚上父亲回来,他自己正要说起这事,母亲就先对他说兄对这桩婚事没有意思,并且对于H的不负责任很觉愤恨。父亲对于H的不负责任,在和兄不同的意味上也有同感。于是就说:"那就算了。"父亲安心了。他在心里想:"既是这样,就不必再说什么反对话,特意去担任被人厌恶的角色了。"可是正是这事坏事了。

当女的真正的相片拿来时,亲事忽然又复活了。大家都没有说什么,也以为父亲不会反对,亲事逐渐进行。兄也和女的哥哥会面了。H当然很高兴,祖母和母亲也欢喜。不料父亲忽然说出反对的话,母亲和H屡次向父亲劝解,父亲无论怎样不答应。后来H发怒了,父亲也发怒。

这桩亲事终于破灭了。在父亲说来,H回答的"懂得了",其实是一点也没有了解父亲的意思。在H一方面呢,他说:

"当初去看那边的铺子或是听着他借房子住的时候,既然不赞成,为什么不说呢?等进行之后,突然地说出这样的话,未免太糟踏我了。"

"因为我听说芳行不愿意。"父亲说。

喜剧的动机到了这里就变做悲剧了。不过如果父亲和兄的关系原来是平稳自然的,那就未必会到这种地步。二人的关系仍旧没有改变,况且兄的脾气古怪。这次事件的结果,不过是由进行上的错误而来的,这一点兄却没有思考。在兄的脑里便明亮亮地映着:"这是父亲的恶意,又是恶意来了。"

其实在喜剧的土里无论落下什么,还是变做喜剧的种子;在悲剧的土里无论落下什么,结果还是悲剧的种子。

二十七

正在有几分如意的地方,突然被父亲反对,这事在兄一定很愤慨。如在平时非马上发生冲突不可。可是兄却没有冲突,我想是因为兄只看见她的相片,自己的感情对于她还很冷淡的原故。兄的发怒与其说是被父亲拒绝,宁说是事情正在进行时,照例突然受了抑压。可是兄没有使事情破裂。

兄听着父亲说,"像这门亲事,倒是姓O的好些",他就想即刻重提姓O的。姓O的是兄的朋友的从妹,可是父亲又拒绝了,并且说:"我没有说过那样的话。"

于是兄真的发怒了。

下面的书信，在兄离家以后不多久，姐姐拿给我看。写这信时，正当兄忿怒的顶点。

下面就是书信。

被人家设想"死了就好"的事，姐姐有没有痛切地感到过？我想在各种罪恶里面，没有再比设想他人"死了就好"更坏的罪恶了。不过这是柔弱的人，所容易引起的思想。我想在亲身领受的人看来，没有再比这个更难受更忿怒的事了。小说家泉镜花从前写过一篇短篇小说，名叫《银杏》，就描写过这样的事。小说里面写着设想别人"快点死吧""快点死吧"的心较之想去杀害的心是怎样的残酷。我读这篇小说的时候，那时住在芝区的山内街，大约是十一或十二岁。虽然是一个小孩子，也以为"这是难堪的事"，奇妙地印象在脑里。

实际希望"死了就好"的心比较想去杀害的心，感到更其残酷。

祖母害了肺炎危急的时候，我受了那个全身毛发皮肤都是白色的葬仪社主人的威胁，那人像祖父临死前一样来到附近，"就是此刻吧，就是此刻吧"地等着，真是无可奈何。

希望别人"快点死了才好"，即使是做这种生意的人，我以为也是决不能原谅的。我的五脏六腑都恨他。

这是前天的事。我到了本所的姨母（兄的生母的姐姐）那里去，姨母说：

"我说出这种话，也许使你不安，听说父亲对你已经没有爱了，这是真实的。听说他想你如果要死，还是快点死了的好。"

我的颜上忽然减去了血液，感觉到颊上冷冰冰的，我知道我的心

受打击了。姨母看见我的脸色,就吃惊了,她说:

"虽然这样说,其实是血脉相同的父子……"她现出为难的样子,想要遮盖前面说过的话,不过话既说出了口,收也收不回了。

姨母漫不经心地把话说出来,说出以后,她自己也吃惊了。这是我知道的,不过我依然发怒。我的发怒有两种,一是对于父亲——这是在发怒以上;一是对于姨母,我以为她是一个拿无聊的事来嚼舌根的人。即使所说的话是真实的,也没有说给我听的道理。父亲对我怀着这种念头,实际我是知道的,当然知道的。不管知道不知道,如果从人家的嘴里把这同样的话说给我听,我是怎样的难过呢?虽然我知道一切,也就不能忍受了。

姨母是一个多嘴的愚笨的人,实际是可怜。这件事是她的过失,只有正直的人才会马上可怜似的后悔她的过失。

无论怎样,我还是我,我依然任性发怒,不顾对方是什么人,我发怒了。

"好!"我的身上发生了粗暴的感情。

二十八

(信接着写下去)

那时我想起了前年被征去当兵的事,还有去年跌伤的事了。在当时我对于这些事只有一小半的意识,其余的都不在我的意识上,现在无意中全部都到我的心上来了。

那时我是怎样的怕征兵,姐姐你是知道的。在我无异于间接地受了死刑的宣告。这话好像说得夸张,实际却是如此。幸好我入营后两星期,因为身体不好,准许退伍,这是姐姐知道的。我以为不至于准许的,所以这时的快活,是一种从未经验的奇迹。下操后我一个人坐在营房里,长身的中队长忽然进来了,他说:"你免了后备兵役了……"我俯着头,静默不说一句话。中队长见我并没有出乎意料地快活,或许他以为我是一个不识趣的人,于是他走出去了。

接着我是怎样的呢?姐姐你想像得到吗?我走近营房的白色墙壁,把身体和面颊胡乱地擦着墙壁,一边擦一边走。既没有莞然的微笑,也没有欢呼什么"万岁"。我只是板起面孔,走到墙壁的前面,拿面颊和身子去擦,这是一种表情。后来我自己觉得什么奇怪的表情都会有的。

以前像我一样被免除兵役的人,他们是怎样的欢喜,我虽然不知道,可是在这些人当中,我是顶顶快活的一个了。别的因免除兵役而快活的人,他们已经饱尝了兵营内的苦味。我的兵营生活只有两星期,所以还说不上什么真正苦痛的苦痛。大家对我都有好感,并在上操时也当作病人看待,是很写意的。

我怕征兵本来是从思想上而来的,后来就变了浸透我的感情深处的反军国主义者。现在受了他人的好意虽是快活,无论如何,我还是怀疑。这是我的任性的心理上的反军国主义使然,我反而相信这是真正的反军国主义。

过了两星期,我就回家了。

祖母的快活是非常的。祖母从我决定入伍的那天起,每逢听着近处兵营的熄灯喇叭和起床喇叭,就想到我的入伍一天近似一天,她有说不出的岑寂。现在我回来了。祖母在她平时信仰的天照神的神龛上,供了神酒,礼拜一番。

父亲呢……他皱着眉头这么说:

"入伍一年再回来,那才好呢……"

我听了很不快活,父亲说这句话的心理,较之我恐怕他使我自己和军国主义结合,意义是太简单了,并且没有价值,我不禁发怒了。

父亲不过是想我的睡晚觉能够因此医好,我把这事告诉祖母,我发怒了。父亲一点没有想到我去当预备军人,或许要死在恐怖的战场上。父亲的思考未免简单了,并且太不负责任了。我对祖母这么说。

现在想起来,父亲一定希望我去打仗打死了好些。怎么样?姐姐,你以为怎样呢?这是我的主观吗?的确在某程度是主观,这我也是知道的。

这事就此"带住",再讲到去年夏天的受伤。

二十九

(信接着写下去)

那一次的受伤,没有使我变做一个残废者,实际上比拣得一条命更其重要。十分中有一分,或许二十分中有一分,不会变成一个残废者。结果没有变成残废,我应当如何感谢,连我也不知道,使我感到一种奇异的寂寞。总好像我被什么所爱,甚至于相信自己是一个有资格的善良的人。

然而在同一个时候（这也许是从这种思索的反省而来的），和我全然反对的人，见我没有死，反觉得不满足。在他呢，如果这次的灾难不发生，或许不会想到吧。不过遇着灾难发生了，他便忽然想起，"给我死了才好……"这种人的确有的。不过因为这种揣想是不快活的，所以我马上把它打消了。

实际是尽有的事，也不限于对我一人。大约无论对谁，都加以这种诅咒，也许可以说，只有程度的差别。可是就他的为人说，若这是自然地涌出的情绪，别人无可奈何。在某程度，可以同情。离开理性和道德意识的这种坏心肠，即使马上伸出手去也捉不住它。然而我想决不能把它放任。倘使放任，在他本人就是一种很可怕的事情。"诅咒别人，自己吃亏。"在我想来，从恐怖里出来的难于捕捉的坏心肠，别人终于要捉住它，非把它打得粉碎不可。

所以现在我打算。父亲……

我写了这种事，姐姐你谅必不愉快，要发怒吧。你以为我对父亲的心情太过于惨酷吧。你以为是误解，是瞎猜吧。不然，你也以为是夸大其辞，以为我对姨母的愚蠢的失言过于执着了吧。实际上也许是误解、瞎猜、夸大其辞、病态的，过于胶执了。我自己也是这么想。其实如果真是我的误解、瞎猜、夸大，我不知道怎样的快活呢。

姐姐知道的，父亲向来不断地对于我不满意。说我浪费，时常发怒。等我不浪费又说我只有懒惰，又时常发怒。可是不久我虽然没有做到一个勤勉的人，却也没有怎样的懒惰。于是父亲又说我约了朋友来，闲谈到深更半夜，大发其怒了。说起来也说不完。自然我也有不是的地方,不过我无论怎样变更,不知道什么原故,父亲非把责骂我的警句一句一句地做成不可。尤其是我在大学中途退学以后,便看我做一文不值的游荡者,不断地向我发脾气。所谓没有一定的职业的人,他的生活看去就等于游荡者。父亲这么揣想我以为不是无理的。现在想起来,那个时候的我,还是比较的用功的时代。可是即使那样,父亲也要骂我睡得晚起得晚,成了游荡者的生活的一部分了。这在我自然是以为不平的,可是也不为无理。

我的工作正在一点一点地前进,我从来没有设想让我的工作直接得到父亲的理解,我以为我的工作有了某种地位的时候,即使像父亲这种人,在某种程度,也会认识我的。老实说,我的希望就在这一点。幸好过了不久,有一家杂志社就来请我写文章了。在别一方面,显露头角的事,我也怀着异样的反感,可是管他的,我答应下来了。这是因为前面说过的理由,还有呢,也想借此使祖母快活一下。我写了一篇小说,得了一百块钱的酬劳。我出外归来的时候,那钱就留在家里。于是顺从祖母的意思,把钱放在盘里,供在神龛上面,并且又献了神酒。我的心里觉得异样。可是祖母因此便很欢心,我也很快活了。

三十

(信接着写下去)

祖母说:"告诉父亲一声。"这在我却不是爽爽快快做得到的事。这需要一种侵冒不自然的努力。可是也等着出乎意料的好结果,便毅然地走上楼去了。

父亲照常地睁着凶狠的眼睛朝着我："来说什么的？"这么一来，我的心绪就沮丧了。但是我又鼓着勇气说起这桩事。父亲却一点兴味也没有地说"是吗"，就只有这一句话。幸好后面还没有加上一句，"为的什么？"我迷惘了。我后悔不该特意跑来说这件事了。

我想到我头一遭用自己的劳力去得来的钱，父亲对它一点也没有兴味，那么，我和父亲的关系要怎么做才好呢？我感着一种屈辱，无精打采地在父亲的面前告退下来。

（作者附笔：我对于兄这时的心绪，衷心地同情。可是也想同时对于父亲表同情。在父亲呢，他以为兄来禀告这桩事的心理是这样的："父亲！父亲时常说我是一个无能的游荡者，可是我若要挣钱的话，就是这样挣的。"父亲一定是这样解释。这种心理，不能说兄没有。不过兄自然也直爽地说，"我头一遭挣钱了"，这样去讨父亲的欢心。就兄的信上已经可以知道兄的心绪多半是在这一点上。倘使父亲把两种意味都一齐听取，尤其是对于善意方面多多地领略一下，那就容易得到一种产生新的良好的东西的机会了。然而办不到，这是由他们二人长久间的歪曲关系生出来的恶劣的惯性使然。兄说的话有两种意味，父亲不知不觉地选取了恶意的一方面，好像把这种话作为这样解是不会错的。结局就产生作为这样解是不会错的结果了。

就这件事说来，兄更有糊涂矛盾的地方。兄借以挣钱想讨父亲欢心的那篇小说，是用他自己想和家中名叫千代的女婢结婚那个时候的纠纷作为材料的。在那篇小说里面，他描写父亲，没有什么好意。把父亲写成一个不讲理的顽固的物质主义者。我想如果父亲看见那篇小说的时候,我便受了威胁。兄以为父亲不会读他的小说。可是如其照兄所希望的,父亲想看一看那篇小说,那么兄又怎么办呢?总之,兄想把这篇小说挣来的钱拿来讨父亲的欢心,我越想越觉得他是一个糊涂的任性的人。

其次,父亲和兄的关系也可以这样设想——就是我家向来是祖父做一个像家长似的家长,他悠然君临大家的头上,此事在不好的意味上说,似乎使父亲和兄很接近。祖父—父亲—兄,这样的关系,照"等差级数"似的做去就好了。然而却是这样:祖父—父亲、兄,变成了父亲和兄站立在同一平面的形式。虽是父子,却好像年龄不同感情不好的弟兄一般。就是因为这个原故吧,父亲常常不能用和蔼的从容的态度对兄说话。一来就变成对等,争吵起来了。就这点说,父亲对兄的态度和他对我们的差得很远。

和父亲冲突自然也不单是兄一个人。我也和父亲冲突过,尤其是妹妹丰子较之我冲突得更厉害。这时父亲睁着凶狠狠的眼睛斥责我们,和对兄的样子别无什么差异,可是到了最后父亲总有几分让步,甚至于带着慈亲所有的一种从容,说了一句"讨厌的东西"。但如果是兄,到最后父亲决不让步。让步的事在父亲以为是输了。对我们让步父亲以为是容许,如果是兄的话,父亲一定以为是输了。

有这样的一种对抗——不是憎恶,是对抗——使那特为要发芽的好东西,在没有发芽以前踏坏了,这是常有的事。)

三十一

（信接着写下去）

我说了这些，姐姐或许有点不相信。可是在我却有使父亲快活的欲望，不断地发露出来，我可以对你申诉。这是我对父亲的纯真的爱，抑是潜伏在我的心里的多少近于卑屈的思想，在我自己还不甚了解。可是这种心绪不绝地在我的胸里来往，这是真确的。

下面说的事，你听了觉得滑稽好笑，其实是我有意把滑稽可笑的例写了出来。前年我住在小豆岛时，坐了船去周游，从屋岛到金刀比罗，再到鞆津，到尾道。那时我坐在汽船甲板上的烟囱旁边，耽于无聊的空想。孤独的生活，说话的对手一个也没有，独自空想，正同在东京生活时和别人谈着话一样。当时依照什么顺序，我的空想会达到这境界，那是已经忘怀了。我想的是自己要去做点伟大的发明，造了一只大飞行船，坐在上面。这时我乘的船正从鞆津向着坐在大石岩上的阿武兔观音阁走去。那一带有好几座小岛，都是广约二三十丈的整块石头生成的，岛上长着古色苍然的老松。我想把我的极其有力的飞行船去撞倒那些小岛中的一座。我的飞行船像老鹰攫得了死老鼠似的，就朝东京飞去。晚上悄然地降落在东京的家中的庭院。没有谁知道。天亮了，父亲起来了，看见那飞行船，他是怎样的惊异呀，又是怎样的欢喜呀（父亲很爱庭园和盆景）。我想着这些事，全是空想。可是这样的空想，不单是在这个时候才有，船到了尾道，我登上那里的千光寺，见着了名叫珠岩的一块石头，那石头像珠宝一样，是圆形的，有一座小楼房那么大小，这时我又想起了同样的事。这是一种什么心理呢？为什么我想使祖母快活的空想不大会发生呢？反而对于不感佩的父亲，生出这样的空想，我不知不觉地作这样的空想的懵懂了。无论谁看见我实际上对于父亲的态度，都不会觉察到我有这样的情绪。我总想在相当的时候，把这种情绪仅仅使得父亲知道。因为我自己有所以想父亲一方面也不能说没有这种情绪。可是如今我把这些希望都舍弃了。

究竟父亲对于我的希望是怎样呢？我在艺术方面的工作即使有了一点成绩，这在父亲看来，还不是不值半文钱吗？我这样想。反过来说，如果我对父亲说，"我一点艺术的天分也没有"，那么，父亲或许会有笑脸吧。不过这也是限于这一时的。假使我做了公司职员或者银行员，我和父亲的关系会变好吗？这是我想像不到的。还不是依然同以前一样吗？我想父亲现在对我什么希望都没有，倒是实在的。倘使对我有希望的话，我并不是拿姨母对我说的那种话来搪塞，我要死，我要快点死，我这样想。

姐姐将以为我固执，并且以为我喜欢把各样事情从恶意方面去下解释吧。我写得太多了。我唠叨地这样说，在你以为怎么？这算是张大其辞吗？如果我病死或是自杀，那时父亲大约会怜悯我吧。可是同时父亲也会安心地吐一口气。这事你以为怎样？我想姐姐也未必能够否定吧。

我疲了。就此放下笔。现在也兴奋不起来了。我觉得我写了许多的事情，不应该写的我也写了不少。我不高兴把这封信寄出去，可是也不撕破它,把它搁下来。因为是姐姐,所以请你记着我写过这封信,如果是别人我是不会写给他的。如果这封信寄出了,请你用这样的心情去读它。

真的,现在我十分疲倦了。心绪也完全沉静,请你不要过于替我担心呀。

三十二

(兄的信还有下面的一封,封在同一个信封里面。写了前面的一封信,过了两天,又写这一封。)

姐姐,现在我想我自己真是一个可怕的人,我坦然地写了前面的一封信,觉得真可怕。我是一个怎样没有反省的人呀。我只是写我自己如何被父亲诅咒。可是如果问道"你自己是怎么样的?"我如何回答呢?如果父亲问道:"我死的时候你会不会安心地吐一口气?"我又将如何回答呢?无论怎样我不能说"决不会……"的。反而要说"一定会……"我一定会"安心地吐一口气"的。我自己是这样,却把自己放在一边,只把我对父亲的不平罗列出来。不好的是我,只是我一人不好。像我这样的人,不为父亲所爱是当然的。可是请原谅我吧。我也不是一个坏透了的人。因为愚蠢,所以被环境吞蚀,毕竟我是愚蠢的。我想从此以后,这样的关系依然不断,无论怎样是没有意思的。非彻底地想办法不行。这样地把可怕的思想秘藏在胸里活着,就是把人世变成地狱一样。一切都是愚蠢的,又是恶劣的。我呢,还有所留恋,有一种善意的留恋。可是我不能够相信自己的力量。勉强自信,就有错误。我仍旧打定主意,到别的地方去。

可是请你不要为我担心。我之离家,本来是想独立地生活。自暴自弃的行为,是过于空虚了。现在只有父亲和我的关系很强地映在我的眼里,可是这不是人生的一切,这是"理性"所知道的。

我心痛的事就是和祖母离别,祖母将怎样的寂寞呀。我想到这点,我的心里难过。可是只有请祖母忍耐了。不然,现在的我,就不能动弹了。并且只要我离开,家里的风波就会平静了。

到小豆岛去的时候,我已经有了经验,从今以后,我非更其岑寂地生活下去不行了。可是我能够忍受,无论如何要忍受。我想起在家乡的曾祖母和阿仙祖母(祖母的大姐),我觉得自己的祖母还很康健。只要祖母康健,我一定回来的,但愿她能康健就好了。

还有,对于母亲,我衷心地感谢她。母亲实在是一位贤良的人。就一个继母看来,她已经时时使我满足了。请你代我致意,并且代我禀告,不要因为我的离家而忧愁。

对于芳三、丰子、君子们我有深厚的爱情。我和他们的情爱,因为我和父亲的原故,做了牺牲,我觉得悲伤。

姐姐要保重身体。姐姐的孩子们,我无论在什么时候都不会忘记他们。

就此搁下了笔。

前面的信也把它寄出。你和这封信一起看,反而好些。

(除此以外,兄还有写给祖母和双亲的信。写给祖母的,反复说着请她不要挂念。写给双亲的,是说自己因为要更善地生活下去,这事在自己是必要的;还有承继家业于我的事请不必踌躇地做去;更说到在形式上虽无可如何,可是除了形式之外,不必来追寻我。)

三十三

总之,兄的离别,使阴影笼罩了全家。

祖母首先发作,使大家都为难。她从那天起,在三天之内,因为奋昂的原故,脸上现出充血的红色,这事刺激她的脑筋。大约是第四天吧,我在客室看报,祖母坐在旁边,一个人吓吓地笑起来了。我掉头一看,只见她用食指在席子上摩擦。

"怎样了?"我问。

"这里有一蜘蛛……"她说时依然用指头擦着席子。

"什么?"我说时,拿开她的手指一看,原来是席子上的一块火烧过的焦痕。我又说:

"这不是烧过的焦痕吗?"

"是蜘蛛。"祖母说时,不像谵语,好像是警戒别人似的。"脚还在这里动呢。"

"那不是脚呀,你擦得太厉害了,焦痕的周围都裂开了。"

"是吗?"祖母这时意外地安静,手指离开席子,快活地笑起来了。她的笑声,我觉得有点奇怪。我忽然被一种不安所袭击。我见祖母不曾觉察她自己的变异,我感到恐怖。

"唔,不错,看去像蜘蛛,我觉得焦痕的周围像在蠕动呢。"我说。

"婆婆!我替你梳头好不好?"母亲从厨房里端着盛有热水的小

铜盆,走进屋里来。

"头皮痒得难过。"祖母说时,把手放在剪短的,照年龄讲不会有这么多的白头发的头上搔着痒。

"放点酒精吧。"母亲把架上的酒精瓶拿下来,倒一点在热水里。

她们走进那当作化装室的,受着阳光的小房间里去了。

我依然在那里看报。停了一会,那边有祖母和母亲的笑声。接着就是母亲的声音。

"芳三,芳三。"母亲在叫。

我立起身来到那边去。

"祖母说纸窗上有一条像蚕一样的虫……"

我想祖母又看见什么了。

"在什么地方?"我镇静地问。

"在那里爬,你没有看见吗?年轻人的眼睛看不见吗?"祖母这么说,她指着从下到上的第三格窗子,正是太阳照着的地方。"是什么呢?"我故意仔细地寻觅,其实什么东西都没有。"在什么地方,是这里不是?""在那边爬,你还没有看见吗?"祖母焦急似的,用家乡话对我说。

"看错了吧。"母亲笑了。

我愈觉得祖母的脑筋是怎样了,我想她看错了。我再仔细看,果然,有一个像蚕的东西在窗上。原来糊窗纸时,浆糊用得过多了,粘在纸上的浆糊只有一点,其余的被挤出凝结在窗格上面,长有两三分的样子。颜色是半透明的,和纸的颜色一样。在我的眼睛看来,距离一尺的地方，就看不见的，祖母在离开三尺的地方倒看见了。上了年纪，眼睛反精明的人是有的，可是祖母并不是这样的人。祖母替兄和我缝袜子，穿线非叫别人替她穿不可。我诧异了。可是我想，窗子上有那东西，只要不是祖母的梦幻就好了。

"真的有哪！祖母的眼睛实在不差，很像一条蚕子呢。"我说。我又说明那是挤出的浆糊。如果在眼光不好的母亲去指点给祖母，是很费力的。

然而祖母的脑筋依然不行。说是晕眩，从正午起就睡觉了。此后有一个星期没有起床，日夜只是睡觉。

三十四

就兄离家的理由说，我以为是兄的过虑。尤其是看了父亲后来的窘状，我更觉得不错。自然，不能说父亲没有像兄所讲的那种心理。可是决不是凡事都是那样，这是确实的。只是在当事者的兄，他很觉得父亲对他凡事都是那么着，无可如何，于是不知不觉地把事情弄大了。不过也可这么解释，如果父和兄的关系，以向来的气势，照原来的方向前进，那么，兄把事情弄大——就是他的离家，从结果说来，或许是未雨绸缪也未可知。不过这一点谁也不能明白地断说。

家中托了警察和私家侦探，寻觅兄的下落，一点消息也没有。

后来经过了许久的岁月，琐屑的事，这里不必写了。比如姐夫的失败、我自己的结婚、婴儿的诞生等类的事之外，没有什么特别的事，九年的光阴过去了。

这其间,我得着消息,住在信州的寒村里的姐姐病危了。在本文的开端,我去探病。我的拖延得出乎意料的笔,将回到原来的地方。

……来到信州的高原,远远的山顶上,戴着薄薄的雪,已是初冬的景色。我在车站下车,还要走几十里路,那晚上无论怎样做不到。因我想能近姊姊一步好一步,便多送一点钱给我不甚乐意的车夫,后来就到了五六里路外的一处村落。那晚上是漆黑的夜。我把大衣的领竖起来,冒着寒气,坐在车上,沿着急流的新开辟的陡峭的路上跑。

河岸边只有一家新开的客店,到那里时,已经九点多钟,店里的人都闭门睡觉了。车夫叫门,就有一个穿着寝衣的老板娘出来开门。

大火炉里的火还在燃着,炉旁有三四个人拿脚朝着火炉躺在那里。

我又被引到墙壁还没有全干的里面的客室里,听着溪流的水声。壁龛上挂着乃木大将夫妇的像,前面陈设着一个树根做成的仙鹤。老板娘拿了陶土的火钵来,炭火满满地盛在钵里,这较之别的东西受了实惠了。跟着把饭送进来,菜肴是清炖岩鱼、香菌和面汤。

过了一会我正想睡觉,车夫把号褂披在身上走进来了。大约想来和我快活地谈天。仍是拉车子时的服装,他的脚已经洗得干干净净,令我注意。

车夫本来要回到火车站去的,因为村里没有别的车夫,所以一路上仍旧要用他。

车夫出去,我马上钻进被单里。棉被小得很。伸长了脚,脚踵就露在外面。溪流的水声响到我的枕畔来,使人寂寞。放在枕旁的火钵里,又添了不少的火,火上的小铁壶在吓吓地作响了。车夫和老板娘谈天的声音我也听见,车夫好像在喝酒。

门外面,早已歇了的风,现在又吹起来了,吹得板门嗑嗑地响,纸门的最上一格为什么不糊上纸呢?风从那里吹进来,觉得怪冷的。

不知不觉地我入睡了。

三十五

第二天朝晨,我还没有起床,老板娘就进来添炭。风还在吹着。我洗过脸,开了面河一带的窗子,在太阳射着的地方坐了下来。昨晚来时,天色暗了,所以不知道;现在看去,河身并不如想像一般的宽阔。不过水量多,湍激地流去。对岸的河柳的枝,被烈风吹得摇来摇去。虎虎地又吹来一阵烈风。河岸上枯了的葛叶,荏弱地被风吹得脱离了蔓,有的流到河里,有的沿着河岸在那里转动。

岸上有园圃,前面就是山,山上生满了戴着赭色枯叶的栎树。山上是碧色的天,天气晴朗。

吃过早饭,车子预备好了,就马上出发。可是车子在路上只能走四里多路,到了一处倾斜地的村落,那里没有田、树林、菜圃,是真正的高原,还有三里多路,非步行不可。我到了村里,重新雇了挑夫,叫他背了行李,再赶路程。

离开村落,走了一程,已来到了高原。高与腰齐的不知名的灌木,簇簇地生着,白桦的嫩树,散在各处。虽然有路,因为落雨过后,路上被水冲成捣白一般的小窟。加上时时降下的浓雾,濡湿了地上的红土,皮鞋踏在上面滑溜溜的,很不好走。还有流水冲成的三四尺阔的遗痕,纵横地散布在地上。在大雨过后,那些遗痕都有水奔流。想像这种情况,好像梦里一般的景色。

寒冷的西北风从后面吹来。时常有小鸟在脚旁啾啾地叫,和风一起低低地飞来,像掷石子似的。

天气冷,我们用快步赶路。在同一的风景里,大约走了两里多路,我看见前面有一个人在那里走。我们走得快,所以追上了他。那人身上穿着一件旧敝的外氅,一顶旧的阔边的黑帽子高高地戴在头上。看他驼背的委顿的样子,蹋蹋地走路,既不像旅行的,也不像住在附近的人。忽然吹来一阵烈风,他被推送似的跑了五六步。他的衣裾被风吹得向外翻或是吹得贴紧了他的走路的两只脚,他好像毫不介意,依然蹋蹋地走去。

他是谁呢?我赶上时虽看他的脸,未看出是谁。——他是离别了九年的兄。

"芳三吗?"兄这么一叫,我话也说不出来,在这瞬间,各种的事情一齐浮在我的脑里。

兄留恋地注视我的脸,那眼睛里含着柔和的情感。不过我被他注视,我感到异样的压迫。兄的目光不是像离家当时那样没有自信的畏缩的目光,是超过了他的委顿的姿态,蹋蹋独行的样子,迥然不同。

三十六

我们走在路上,很少说话。

无论怎样,他是我唯一的兄,我很感动。这种感动,在兄也是有的。然而两个人却很静默。为了祖母和母亲的原故,我本有许多事要对他说,又想问问他,如果即刻说出来,礼貌上有欠缺,并且也不自然,所以我没有提起。我只是问他"一向好吗?""从老远的地方来吗?"兄不过问起"祖母身体好不好?"

太阳下山,骤然冷起来了,我们好容易翻过了高原。

那里是山脚下,有五六户农家聚居的寒村。在黄昏时静悄悄的没有声息。姐姐的家在后面,前面是茶田,大门外面有一棵结着五六个红色柿子的大柿树。

又有宽大的空地,旁边建着仓库。正屋还造得大,檐下有几根草绳横横地挂着,上面吊着干柿子。

屋子里面寂寞得很。挑夫走在前面,跨进了泥地的堂屋,有一个十三四岁的孩子在灶下烧火,他坐在砍柴凳上,脸儿被火照得通红,莫明其妙地朝我们看。他的眉眼间的锋锐,表示承受我们一家的血脉——尤其是我父亲的血。

"那是正男哪。"我叫兄注意。他是我们的外甥,从七岁起就没有见过他。

"是呀。"兄微笑。

"客来了。"挑夫大声朝屋里叫。姐姐的大女儿八重子走出来了。

"哥哥和芳三来了。"我说时,八重子吃惊似的,一句话也不回答,又跑进屋里去了。

我疲乏了,在窗缘上面坐了下来。既而就听着"嗳、嗳"的声音,姐姐的婆婆放快脚步走出来。在她的后面,姐夫拿着洋灯也出来了。姐夫在七年间变成一个乡下人了。太阳晒红的颜上,有两三条粗粗的皱纹从耳下直拖到颚边,头发约有两寸长,已经有许多白发了。

"呀,请坐请坐!"姐夫说。

"姐姐怎么样了?"我问时,姐夫没有回答,又说:

"呀,请坐,请坐!"

"请坐……"婆婆也这么说。他们说话的腔调好像接待珍客似的,不像有重病人的家庭,令人想起或许姐姐的病不是怎样厉害。可是婆婆说了一句"你们来得很好"之后,就忽然放轻了声音说:"昨天已经晕过去一次,以为是死了,过了一点钟,又活了过来,被八重子知道了。"姐夫在旁凶凶地说:

"这些话现在不提也行的。"说时简直像斥骂用人似的。

"是,是。"婆婆轻轻地把头低了两三次,看着我们,现着自弃的异样的笑容。

三十七

姐姐的病床是铺在房间里的发油光的板门的前面,姐姐闭着眼睛,朝天卧着。盖在身上的棉被很薄,又因为身上只是皮包着骨,所以看去床上平而且低,好像睡着死人一样。

兄坐在旁边不说话,注视姐姐的脸,姐姐的意识像没有了。眼睛洼下,皮肤上面一半是齷齪,颜色很难看,我见了心里十分难过。人的一生非这样完结不可,我觉得不仅是恐怖,很是凄惨。死了之后,无论怎样死法，结局虽是一样的死，可是像目前的景况，大房间里吊着一盏洋灯，映进眼帘的东西没有一样有好看的颜色，婆婆和丈夫的心里，色和温也没有了，这种光景，和黄泉没有两样。同样的死床，如果在红十字病院里的病室，对于死的恐怖，或许只感到这样的一半。那里有各种的草花，白色的墙壁、白色的陈设，因为死别而哭泣的人，这些叫恐怖有了调和。然而我所说的东西，这屋里什么也没有。我忽然向无限的黑暗中落下去，在正要睡着的时候，往往有这样的心情，感到与死相似的恐怕，至于飞鸟的啼声、昆虫的飞跃、太阳的照临，风吹、花开、犬跑，还有儿童的叫嚣，这些明日的事，无论怎样想不起来。我以为如果死是永远的黑暗，那么，人生就是高原的寒冷天气的黄昏。至少我想姐姐实在是如此。

如果只有我一个人来到这里，我是怎样的恐怖呀。幸好有兄在这里。我在高原的路上看见兄的时候，我见他踽踽独行的样子，我的心里阴暗而且悲哀，可是现在他是唯一的可依赖的人了。尤其是他的眼睛，虽不和死反抗，也决不让死克服的眼睛，令人依赖他。

其实兄正在凝然地注视姐姐的容颜，我现在的心绪完全被室内的景况所牵引，兄却一点也没有被牵引。

姐姐的病，好像是从病妊来的，后来变化了，并发了别的疾病，但不知究是怎样的，也没有请医生，只是请了邻村的灯铺老板每天来给她烧一种"灯芯灸"。姐姐的意识纵然不清醒，可是我见婆婆和姐夫当着姐姐的面前，坦然地说着许多伤痛的话，我很难过。还有呢，一点不留恋地决定她的死，我也不快活。

八重子拿了一盏高座的洋灯进来,身后跟着一个约莫四岁的可爱的女孩子。婆婆说这女孩是她的亲戚寄养在这里的。惹人爱怜,平时和姐姐睡在一起。自从姐姐得病以后,她就渐渐地疏远了,现在甚至于怕走近姐姐的床边了。

"让婶娘抱抱你看。"婆婆像要证明她的话是真的,这么一说,把女孩朝病人那边推过去。女孩哭丧着脸,转身就坐在婆婆的膝上,用手深深地伸进婆婆的胸襟里去摸她的奶奶。

三十八

第二天晴了,没有风,天气很好。姐姐睡着的屋里,射进了秋天似的和暖的太阳。我在前夜像中魔似的苦闷的心绪,现在看见这样的阳光,好像做梦一般。可是看见仰卧在那里,死了一样的姐姐,我的心里有一种和昨天不同的寂寞难堪。兄朝着阳光盘膝坐着,眺望外面。

我们坐在炉边吃早饭的时候,邻村的针灸的人来了。那人悠然地吸着烟,和姐夫谈着稼禾和养蚕的话。我借了木屐穿在脚上,领着正男到后面的小山上去,那山上的黄栌、漆树的叶子红得很美丽。山的入口处,有水槽引着清水,流进一个大桶里。

我问正男想到东京去不去,又问他想做点什么事,可是正男没有现出一点孩子应该有的野心。如果他有这种意思,我想为他尽力。在别一方面,如果我听了他的有出息的话,也可以振起我的精神,然而正男的回答,并不如我所预料的。谈着话时,山鸟受了惊骇似的,击着翅膀从脚下飞过。正男就说,别的不管,只要有一杆鸟枪就好了。他说这话,像是他唯一的希望。

我回来时,灯铺的老板正在动手灸药。据他说,一切疾病都是因为身体里面有不好的气体积蓄,没有出路,所以侵犯各部分,刺激神经。只消给它寻一条出路,气体自然消灭,病就会好了。气体要出来的地方,灯芯的火会跳开三四尺。

下面像念着咒语似的,用桐油里燃着的灯芯,轻轻地去撞姐姐的心窝。撞一下又离开去的举动,因为多年的熟练,看去真要被身体里面的气体冲开的样子。这种灸法,本来是极热的,可是姐姐好像没有什么感觉。那人说,病好一点,就逐渐会觉得热了。又说这样灸时,病一点一点地移动了,于是又去灸下腹部。

姐姐无意识的状态,已继续了一星期以上。这时姐姐忽然把她闭了一星期,洼下的眼睛张开了。眼睛出人意料的清朗,眼光也明晰,一个一个地顺次注视我们的脸。屋里比别人惊恐并且感动的人,就是八重子。她带着泣声,首先就告诉姐姐,说我们来了。姐姐默着点一点头,实际依然不懂得,虽然看着我们,脸上却没有什么感动。

"哥哥和芳三来了,你懂不懂?"我靠拢去对她说,姐姐只是点头,没有说什么。她并不懂得。

"妈妈,妈妈!"八重子兴奋起来,把嘴放在她的耳边只是叫。

"像要说什么话,拿点开水或是茶给她喝。"兄说。八重子赶忙拿了茶壶来,把水倒进她的口里。

姐姐用嘶嗄低微的声音在说什么。八重子把耳朵靠近去听,也不大听得懂。

"什么?……什么? 棉被?……"八重子大声问她。又掉转头来对着我们,悲恸地皱着眉头说:

"说的什么我听不清楚,妈在说把棉被弄龌龊了不好。"

我又走过去听。

三十九

姐姐说的话虽然不大听得清楚,可是好像说现在要死了,把客人盖的棉被弄污秽了,不免暴殄。叫人把放在什么地方的龌龊的棉被和放在仓库楼上,小孩出麻疹时用过的,装着砂子的枕头拿出来给她掉换。

我说时,八重子眼里满包着眼泪,低声说:

"这办得到吗?"

这时姐夫走进来了。八重子,要哭出似的,把话告诉他。姐夫说:

"那么,就给她办好了。"姐夫的意思是照姐姐的话办了,好安慰她呢,或是像姐姐说的不要弄污了棉被呢? 这我可不明白,可是我觉得像冷水浇在身上。

好个婆婆,也说不赞成掉换。结局没有掉换,为要安慰她,只是使她知道,答应给她掉换罢了。

"妈妈,妈妈!"八重子大声叫,把这事告诉她时,她好像安心似的点头,又把眼睛闭上了。

"心里这样明白，是好是坏还不知道呢。"灸药的人抱着手这么说，"也许停一会就要不好的。"

才到田里去的正男也叫回来了，八重子匆匆忙忙地把刚才的话告诉他。正男吃惊似的，眼睛睁得溜圆地听她说。

正如那人所说的，不到十分钟，姐姐的样子陡然改变了，闭着的眼睛睁开，翻着白眼，呼吸也拖长了，便死去了。

八重子放声哭起来。婆婆和正男也哭，兄的颊上流着眼泪，我也哭。众人里面只有姐夫没有哭。

停了一会，村里的人都来了，家里忽然热闹起来。邻舍的娘娘们挽起袖子，在厨房里准备饮食。年青的男人家从仓库里把棺木抬了出来。这是三天前，姐姐晕过去时，叫人到近处的桶铺去定做的。后来没有回掉，昨天做好了，送来放在仓库里。

这天整日的忙乱，大家忙着做事。婆婆托兄做了几顶三角形的纸帽（像我们常在画幽灵的图画上所看见的那样），预备给送葬的人戴在头上的。

八重子心里想，也许母亲会活转来，时时去揭开白布，窥探死者的脸。

姐夫较之和我们说话时更其快活，大声和村里的人谈着什么。大家一边谈，一边喝酒。

葬式在第二天的上午举行，可是姐夫决定今晚上入木。黄昏时，大家在外面喝酒谈笑，我们在里面洗涤死者的身体。

姐姐的死体满是污垢，兄和我给她洗了脸。

已经送还八重子的糠袋,兄又取回来,时时窥探似的,仔细地用糠袋擦姐姐的耳朵下面。

"舅舅,那是一粒痣呢。"八重子觉察了便这么说。

"哦。"

"生来就有的痣,舅舅忘记了吗?"八重子诧异似的看着兄的脸。

"是呀。"说时,兄再看一看那里,有点难过似的,把糠袋还了八重子。

四十

从兄写坏了舍弃的稿纸的断片上,我知道他写过姐姐的痣,现在兄把姐姐的痣忘记了,我很诧异。

那是死了的姐姐在出嫁那年的事。在出嫁之前,姐姐被双亲唠叨,晚上做夜活,学做衣裳。

那时兄在中学校读书,年纪大约是十四五岁。

有一晚上,姐姐一个人在洋灯下面,兴奋似的,专心在做活计。兄没有什么事做,仰睡在席子上,把头放在姐姐的外褂的长袖下面,躺在那里看杂志。过了一会,兄看厌了,放下杂志,茫然地看着天花板。不料姐姐的蓬松的发鬓下面,露出了桃色的半截耳朵,兄仔细一看,耳下有一颗指顶般大小,带着青色的痣。兄在那时,不知怎的以为那颗痣很好看。兄无端地想去触它一下,起了异样的欲望。兄拿起了旁边的尺子,暂时装做没有用意似的玩弄那尺子,在这瞬间,便用尺子去触姐姐的痣。姐姐不作声,耸起肩膀,低着头,用手拂开。

姐姐的举动,使兄的欲望更强。又来一次,用尺子的一端去触,比前一次更用力。

"险呢。"这回姐姐皱着眉头,埋头看兄。

"对不住。"兄说时,把尺放下来,可是无论怎样,非再来一次,不能够满足。兄又竖起尺子,开始动作了。姐姐觉察了,说道:

"这不是好玩的呀。"斥责似的,把尺子夺了过去,放在不顺手的地方。

兄那时见自己的欲望被人看破了,他觉得有一种奇妙的羞耻心。不过这种欲望是一种什么性质,连他自己也不知道,然而兄还想再来一下。

"呵——呵",兄叹着气立起身来,转到姐姐的身后,看见那美丽的衣领,便不觉踌躇起来。

"再要顽皮,我可不高兴了。"姐姐不安似的,转一转身子。

"不妨的。"

姐姐又动着手里的针,兄忽然"呀"地说了一声,两手按着姐姐的肩头,在这一瞬间,用指头去触那痣一下就逃走了。

"唉,顽皮的。"这声音在后面发出来。

兄在稿纸上写的断片,大约就是这样。在兄呢,这事已经是陈旧的了。兄忘记写过这样的断片也许比忘记痣更要忘记得厉害一点。纵使兄记得,任何一方,现在姐姐的痣,已经变成触也触不下手的难看的东西。那一颗痣,看去不过是粘在粗糙皮肤上的一个污点罢了。

那晚上大家都要熬夜的,我因为第二天送了葬就要回去,所以到十二点钟就睡了。第二天早晨从床上起来一看,兄已不在那里,不知什么时候,也没有告诉谁,到别的地方去了。

我觉得可惜,我和兄住了不只一昼夜,这其间我得不到和他谈天或是探问他的机会。在归途上,如果兄答应一起走的话,我就可以和他谈天或是探问一切了。在后来我想,或许兄对于我要谈要问的事已经懂得了。在我呢,这些也不是非谈不可、非问不可的事。只是想谈一谈,问一问,我的心里不过是如此。然而这不是兄所乐意的事,兄又飘然地到别处去了。

从此以后,过了五年,一点消息也没有。有时别人告诉我,看见兄在北海道做土工,托人探访,才知道是认错了人。

后来,在去年的夏天,有人来说,兄的确在伯耆地方的大山,那时正当假期,我到那里去寻访,也不是兄本人。

兄如今在什么地方、怎样生活,可没有人知道。不过,我相信兄不是在过无意义的生活。兄又将以什么样子的形容、什么样子的眉眼,出现在我们的面前呢?我真诚地等待他来。

[译者注]本篇原名《一个人和他姐姐的死》。

(1920年原作)

死母与新母

志贺直哉

一

当我十三岁时那一年的夏天,在学习院初等科毕了业,就到片濑去洗海水浴。那里的常立寺的大殿,做了幼年部的宿舍。

午后游泳回来,大家在屋里扰嚷,一个听差的拿着祖父的来信走进来了。我离开他们的游戏场,独自来到大殿的檐下,站着拆开了信,信里告诉我,母亲已经怀了孕。

母亲在十七岁上,生了我的哥哥直行,他在三岁时就死了,翌年的二月生了我。此后十三年间,只有我一人。现在忽然来了这样一封信,欢喜之情,在我的胸里跳跃。

我卷好了信,一个高我一班的人故意盯着我笑着说:

"你的零用钱来了哪。"

"不是。"

我一面答应,想着这个人真无聊。

我从行李里面,拿出了砚台,给祖父和母亲,各写了一封回信。

我每次出来旅行,常想着上自祖父,下至女仆,非买点相当的土产送给他们,实有些对不起家里。家里的人虽然说,"这回不要买什么回来",结果仍是买了。祖母和母亲称赞我说:"能为各人选定称心的东西。"

这次来洗海水浴虽也是那么想着,可是看了这封信,心绪忽然和往时不同,心里想"这回只特意为母亲买点什么"。一心想得着她的"夸奖"。

江之岛的贝壳做得细工,以蝶贝的质料最为精细。我想把头上用的首饰全套买来,如栉、笄、护发、簪子等件,我郑重地选择,费了三天工夫。

在片濑玩倦了,一心只待着回去。

这时正当中日战后,不久又接到家里的来信说,从战地回来的预备兵,有二十多个人住在家里。我想像家中热闹的情景,更想早些回家。

二

回到家里,拿了土产,立刻走到母亲的屋里。母亲已经睡了。因为病妊,脸上没有一点元气。

她的房间隔壁,是一间十七叠席子的肮脏的西洋式房间,也没有地毯,平时是安放衣柜的处所,经过收拾以后,十几个军人就住在里面。他们的喧嚷,卧病的母亲,一一都可以听见,母亲一定讨厌他们吧。

母亲从寝衣里伸出手来,把我带来的东西,从桐木匣里一样一样地拿出来看。

——第二天早上,我起床以后,即刻去看母亲,母亲莫明其妙地看着我,说道:

"你几时回来的?"

"不是昨天已经回来了吗?你还看我带回来的土产。"我虽这么说,她仍像怀疑的样子。我把那些东西,一一从父亲的桌上取下来,拿给她看,她还是想不起来。

当时我没有留意,后来病体渐渐沉重,跟着头脑也不清晰起来,不久,为便于冰头,她的头发也被剪去了。

母亲的病床,移到客堂的隔壁去了。想是因为邻室的军人吵闹的原故吧,我也记不清楚了,或许那时军人已经不住在我的家里。

病势更加厉害了。母亲仰卧着的时候,祖母叫我把脸给她看。我便走近茫然望着天花板的母亲面前,把脸向着她。祖母在旁边问道:

"这是哪个,你认识吗?"母亲的眸子盯着我,注视了一会,脸上现出要哭的样子,我也觉得悲伤,母亲断续地望着我说:

"颜色虽黑,鼻子虽丑,只要身体好,倒也罢了。"

随后,姓根岸的外祖母,和我一样地,把脸叫她看,并且自己问道:

"我是谁?"

母亲又盯着她看,忽然皱着眉头,闭着眼睛说:

"讨厌,这样肮脏的老太婆……"

三

向来为我家看病的医生,是一个不善应对的人,不过人还恳切,并且习知我们家中人的体格,祖母们很信任他。然在两年前,他犯了毒杀旧藩主的疯痴的公子的嫌疑,和我的祖父等五六人,收在未决监里,关了两个半月。后来不知何故,和他断了关系(现在虽又和他来往了)。这次母亲害病,请了一位较他有名的名叫松山的近处的医生来诊视。但是祖母终有些不愿意,尤其听了扁平脸的代诊者的谀辞,更觉不快。

后来病势渐渐加重,不断地用冰来冰着头和胸部。

这也不知道是什么理由,病床又移到客厅的隔壁的一间,过了两三天,病势越发沉重了。

说是在晚潮退去的时候,就要告终了。我听了以后,就跑到母亲最初所睡的屋里,一个人躺着哭啼。

书生进来安慰我,我就问说:

"晚潮什么时候退?"书生答说:

"大约再过一点钟就要退了。"

我想母亲再过一点钟就要死吗?"再过一点钟就要死吗?"当时我想起这一句话,后来不知何故,我时时回忆到这一句话。

来到母亲的寝室,母亲只奄奄一息了,大家拿纸替换着浸在水里,润湿她的嘴唇。——头发剪去了的母亲,看去丑得可怕。

祖父、祖母、父亲、曾祖母、比我大四岁的叔父、医生的代诊者,此外还有什么人,记不起来了。他们都围在床前,我坐在母亲的枕旁。

母亲剪了发的头,斜靠在枕头的一端。每次呼吸头必摇动,我们三度呼吸之间,她的头才转动,深深地吐了一口气。起初我们呼吸三度,她只一度,后来我三度的时间变成四度的时间,再变成五度的时间,她的呼吸越发缓慢起来。代诊者弯着腰按脉,她偏着头,眼睛半开半闭的……已经没有呼吸了。我这么说一会儿,母亲又大大地吐了一口气,这时头的转动,渐变稳定了。

停了一会,代诊者忽然立起身来。——母亲终于归天了。

四

第二天,我去上香的时候,没有谁在那里。我悄悄地揭开盖在脸上的白布看了一下。母亲的嘴里,正涌出像蟹沫似的白沫。我想,"还活着的",急忙跑到廊下去告知祖母。

祖母来看了一看,她说:

"那是嘴里所留的余息,自然地涌出的。"说时,拿出白纸仔细地揩去那些白沫。

我从江之岛买来的首饰,都给她放在棺里。

钉棺的铁锤的声音,使我心痛难过。

棺放在坑里时,"母亲就此终结了"。听着登登、登登,投入红土块的声音,又使我心痛。

"时候到了吗?"手里拿着锄和铲的人,像难等的样子毫不顾虑地,把土一块一块地壅着埋了。我想即使苏生,也不能够出来了。

母亲逝于明治二十八年八月三十日,享年三十有三。生于下谷区的御成道,名叫银子。

五

母亲逝世两个月,家中已在物色后母。父亲是四十三岁,还要结婚,当时的我,实在想不到。

有人介绍了名叫益姑娘的人,这也为我所料想不到。益姑娘是我七岁以前的朋友名叫清姑娘的大姐姐。可是这话只提过一次就放下了。益姑娘的父亲却另提起一人,照相也送来了。

第二天祖母拿照相给我看。

"你看怎么样?"当时出我不意,不知怎样说才好,只答说:

"只要心肠好的就得了。"

这个回答,使祖母极其佩服。祖母对祖父说,万不想会从十三岁的孩子听着这样的回答。我听了,捧腹起来。

不久,亲事定局了。定局之后,我一天一天地等着,觉得很难等。未来的母亲,人很年青。就相片看,较之亡母要美貌些。

——失去生母的当时,我每天哭。——后来听了谣曲里面的一句歌辞:"只是哭泣哪!"就会回想到那时的自己。总之,这回是我有生以来"不能赎回"的事了。我时时在洗澡时和祖母二人对泣。可是未过百日,我的心里又焦急地等着新母了。

六

一天一天的等待已久的日子,好容易临头了。在赤阪名叫八百勘的菜馆举行结婚式。礼堂设在四周种有树木的幽静的客厅里,比我大四岁的叔父,曾祖母、祖母、祖父们并排坐着,举了祝杯。那时我没礼节地只伸出右手,从盘里举起杯子。虽是豪爽的叔父,也必恭必敬的,只有我自己故意这么做,当时自己也觉得有些怪感,也觉得有些勇敢。

仪式完毕,我从树子当中的石路走回那边去,叔父从背后低声地骂我:

"成什么话,那样粗野!"我才觉得我不应该,陡然萎了下来。

大厅里客人都入席了。我坐在新母的旁边。新母的大拇指上裹着白色的绷带,微微发散出碘的香味。

席次渐乱,我也跟着高兴起来。雏妓的舞踊完了,大绸缎铺的儿子和我同年的少年,舞了一阵那时流行的改良的剑舞。接着就是比我大四岁的叔父和我舞了一回普通的剑。

陪酒的艺妓有七八人,其中一个标致的,坐在我们的前面。父亲带着微醺,在新母面前,对那艺妓说,"这里就是你顶好看"。后来又说了什么,艺妓笑了,新母也忍不住微笑一下。我不禁怔着了。前次我举祝杯时的粗野,和父亲现在的情形,当时在我的心里纠结起来。

席终了。在大门口准备回家时,新母的母亲走近前来。

"忘记了这个,劳你带给她。"说时,递给我一块小小的绢手巾。

七

次早我起身时,母亲已经在做事了。我在廊下的竹簨上洗脸,但不像平时一样,用手去出鼻涕。

洗过了脸,即刻把手巾拿出去找新母亲。她在客室的隔壁那间阴暗的屋里做活,我口中嗫嚅着把手巾交给她。

"谢谢你",美貌的母亲这么说,亲热地注视我的脸,二人交谈,这是头一遭。

交了手巾,我用一只脚交换地跳着,跳进书生的房里,到他那里,也别无什么事情。

记得当晚我睡了以后,女仆奉了父亲的命来说:

"今晚你和母亲去睡好不好?"

我到那里,新母侧身让出床的半边,说:

"这里来睡吧。"

父亲也很高兴,他的口里反复地念着:"儿子是宝,没有比得上儿子的宝贝。"我听了觉得肉麻起来,在那里坐不住了。

我在幼年时代,父亲常在釜山和金泽。我是由祖父母和母亲抚养的,尤其受着祖母盲目的热烈的爱,虽一块儿同住的母亲,对我似已没有用爱的余地,父亲对我亦复如此。这种感想,当时已经怀着,所以父亲口里说,"儿子是宝",我只是空空地听了就是。——此外只觉得对母亲不起。

父亲睡了后我和母亲谈了一些话。过了一会,我仍回到祖父母的房里来。

"说了些什么话呢?"祖母问我。

"没有说什么。"我答,即刻钻进被里,蒙着头,假装睡觉。一个人不禁悄悄地体味这欢喜的心情。

大家都称赞新母,我固然很快活,此时生母的死去,已经放在脑后了——至少有这种心理。祖母也决不提起生母的话,我也如此。虽只有祖母和我两人在一起时,也从来没有提起一回。

几天以后,就去答谢亲戚。

祖母最先,其次新母,再次是我,坐着车子连结着出去。路上的男子特别注意新母的容貌。我看那个男子毫不顾忌地盯视坐在车篷里俯着腰的新母,我时时感到一种稀薄的恐怖和一种淡淡的得意。

过了两年,新母生了英子。

又二年,生了直三。

又二年生了淑子,淑子今年已是十二岁,最为祖母钟爱,是一个和祖母同样、脸色微黑的小孩。

又二年生了隆子。又二年生了一女,死了方才生下的。隆子就接着吃她的奶,母亲最喜欢她。

是后又过了三年,生了大眼睛的昌子。今年正月正当昌子三岁零两个月,又生了一女。

母亲临蓐,是很轻快的,但到后来时时腹痛。

"还很痛吗?"我问她。

"自从用魔芋豆腐暖着,好了一大半。"母亲很吃力地回答我。

"这样痛法,还是头一遭。"

"年纪增长,身体也渐渐地衰弱起来了。"年青貌美的母亲,现在也这么地说了。

(1912年原作)

焚　火[①]

志贺直哉

那天从早上起就落雨。中午过后我一直和妻、画家S君、店主人K君在楼上自己的房间里玩着纸牌。卷烟的烟，笼罩满屋，大家都有点疲倦了。玩够纸牌，吃饱点心，正是三点钟左右。

我一个人立起来打开窗子，雨已经住了。令人快适的寒冷的山气，含着新绿的香味，流进屋里来。卷烟的烟散开，大家像苏生似的互相凝视。

宿主K君的两手深深地插在裤袋里，坐得不耐烦，样子有点踌躇似的说：

"我要到小屋那边去走走。"

画家S君也说：

"我也要去画画了。"他们二人走出去了。

坐在窗前眺望，只见白云渐渐稀薄，现出青磁色的天空。S君把绘具箱挂在肩下，K君的身上披着短大衣，两个人一边说话，一边向小

[①]此文后原有一篇《雪之日——我孙子日记》，因与前文重复，故删去。

屋走去。他们到了小屋前,立着谈了一会,S君一人走进树林里去了。

我躺下来看书。看倦了时,在旁边做活计的妻说:

"不到小屋去走走吗?"

所谓小屋,是因为我们要移去居住,年青的宿主人K君和年老的烧炭夫春君特地为我们造成的一间没有础石的小舍。

K君和春君在造便所。

"这回比较像样了。"K君道。造便所时我也帮忙,妻也常常帮忙。

过了半小时,S君踏着去岁落下的潮湿的树叶,从树林里走出来了。

"造得不错,造了这一角,便像一所屋子了。"我称赞便所造得好。

K君笑着说:

"原来惹人厌的便所,倒成了很好的东西。"小屋的建造,凡事都拜托了K君。K君对于建造有兴味,不仅在实用方面,即在屋子全部的形式、材料的使用,都很苦心。他尽力造成一所舒适的屋子。

夜鹰发出撞击坚硬树枝的巨响,叫起来了。天色渐暗,收歇了工作。春君用手掌把烟叶塞进烟斗里。

"牛马要跑上来的,快点造栅栏吧。"我说。

K君答说:

"是呀。正在建造的东西,被牛马吃了,不是好玩的。"他说屋子可以吃,我们都笑了。这座山上,没有可以涂壁的泥土,客栈里的壁,全是用木板。小屋的壁,是用大的竹篾做成夹层,在当中加进席子造成的。

"牛马要拿它当筵席吧。"春君说时,一点也不笑,大家却笑了。

山上的黄昏,令人觉得爽快。尤其是雨后的夕暮,更有特殊的风味。加上做了一天的工,看着自己的工作,抽了一袋烟,无论何人,在胸里总有淡淡的喜悦,所以这时大家都觉得快适。

前天也是午后放晴,得了美丽的夕暮。昨天有大虹出现,从鸟居岭蜿蜒到黑桧山,更是美丽,大家都在这里玩了许久。因为小屋位于椚林中,我们攀上高的一棵椚树,玩了一阵。在上面看虹看得更清楚,连妻也攀上去,我和K君二人,拉她到了三丈多高的地方。

我和妻和K君同攀一棵,S君攀上邻近的一棵。S君和K君都要攀得高,两人竞争着攀到五六丈的高处。

"简直是安乐椅子哪。"K君仰睡在高处的分柯的地方,吸着卷烟,摇着树枝,树枝动得像波浪一样。

一个阔脸的低能的孩子,名叫阿市,背着K君的次子,来叫我们去吃晚饭。大家从树上慢慢下来时,妻的头上的木栉从树上落下,因为没有灯火,便寻不着,地上已经黑暗到这样了。

我想起了前天的快乐,就说:

"晚上我们去坐船好吗?"

大家都赞成。

在吃饭时大家分散,饭后四个人又聚焦在楼下的大火炉旁。K君拿火炉上的大壶里的开水给婴儿喝,他说这是"罐头牛奶"。

K君从冰窖里抱了椚树的厚板来,四人走过大枞掩蔽的庙宇的阴暗的境内。经过神乐堂前时,K君向卖券的人说:"去洗澡呀。"从枞树的粗枝里,看见湖水放着银色的光。

小舟有一半曳上砂地,朝来的雨,积在舟里,K君将水掬出时,我们三人立在黑色的濡湿的砂上。

K君拿抱来的厚板安放在船边上,说道:"上船吧。"妻先走上,小舟被推出去。

好静寂的晚上!西方的空中,还留着一点晚霞。可是四方的山都黑了,正像蝾螈的背一样。

"K君,黑桧山看去很低呢。"S君在船舳说。

"晚上看山觉得山低。"K君坐在船舻,静静地摇着短櫂,这么回答。

"那边在焚火了。"妻说。进小鸟岛里面去的对岸,有人在焚火。而团火映照在静寂的水面上。

"现在焚火,有点奇怪。"K君说,"也许是采蕨的人在那里野宿吧。那里有一个旧的烧炭炉,或许他睡在里面,我们去看看好吗?"

K君用力摇桨,变更了船舳的方向,小舟安静地在水面上滑走。K君说,他一个人从小鸟岛游泳到庙宇去的时候,遇着渡过湖水的水蛇,吃惊不小。

那焚火正如K君所说,在烧炭炉的炉口燃着。S君说:"真有人住在里面吗?K君!"

"一定有的。如果里面没有人,我们把火熄灭了才好,上岸去吧。"

"想上去看一看。"妻也说。

靠岸了。S君拿着绳先跳下去,把船曳在石头中间夹住。

K君蹲在炉前从缝里窥看。说道:"有人睡在里面。"

觉得寒冷,大家都想焚火。

S君拾了落在地上的小枝,爬出火来吸卷烟。

炉里面有綷縩的声音,那人在呻吟。

S君说:"这样睡觉,谅必温暖吧。"

K君把落在那里的树枝堆在火上,一壁说:"火是要熄的,睡着了,到了天亮时很冷吧。"

"在这旁边焚火,人不会窒息吗?"

"不在炉里焚就不要紧。不过炉太旧了,自己会倒坍的,在雨后更其危险。"

"怪可怕的,K君!你告诉他吧。"

"真的告诉他好。"S君说。

"不特意教他也行的,只消这么大声说话,大家都听见了。"K君笑起来了。

炉里又有窣窣的枯叶的声音。大家一齐笑了。"走吧。"妻不安似的说。

来到舟旁,S君先上船,他说:"这回让我来摇。"

小鸟岛与湖岸之间,水面平静。在船缘可以看见晴空的无数的星映在水上。

"我们也来焚火吧。"K君说。

S君的口里吹着《多瑙河的波浪·维伦》的小调,这是他老吹的,一壁摇着桨。

"喂,K君!摇到哪里去?"S君问。

K君回过头来,答说:"一直向前去吧。"

此后大家沉默无事,小舟平静地前进。

我问妻说:"你能够从这里泳到岸上吗?"

"说不定,也许能够泳过去。"

"太太!你会游泳吗?"K君吃惊似的说。

"什么时候可以游泳呢?"我问K君。

"只要稍为和暖的天气,现在也可以游泳的。去年的现在,已经可以游泳了。"

"有点冷呢。"我拿手浸到水里去试探,又说,"可是从前我去看红叶,清晨就在芦湖里游泳,我也不见得怎样。并且四月初头也曾在芦湖里游泳过的。"

"从前你很了不得。"妻在嘲笑怯寒的我。

"在这里靠岸好吗?"

"好的,摇过去吧。"

S君用力摇了三四桨,船头沙沙作响,靠着了砂地。

大家都走下砂地。

"这么水湿,可以焚火吗?"

"拿白桦树的皮来烧,树皮有油,虽然水湿,也会燃的。我去拣树枝,你们多剥些桦树皮来。"

走进了生满羊齿、山蔊、八叶树的繁茂的幽暗的树林里,拣取焚火的材料。

大家分散了。看见K君和S君吸卷烟时在烟头发出的红光,就知道他们所在的地方。

白桦树的老皮脱皮了,皮端向外翻,捏了这皮端朝外一拉,便应手剥下。时时听着K君折断枯枝的声音,冲破静寂的树林。

各人拣得手里拿不起了,就运到砂地去,已经积得很多了。

K君被什么东西吓了一跳,忽然从林里跑出来。

"怎么了?"

"在那里!虫呀!尾上放光的虫,这么地在动它的尾,不是好玩的。"K君最怕尺蠖一类的虫,他的喘息还没有停止。

我们走去看虫,S君走在前。"在这边吗?"他反顾后面的K君。

"不是在那边放光吗?"

"果然,就是这个。"S君擦了火柴看,约有一寸长的裸虫,举起它的大大的尾巴蠕蠕地摇动。

尾尖上放着绿色的光。

"会被这个吓得那个样子吗?"S君说。

"林里有这东西,我可不能够随便跑来跑去了。"K君说,"已经够了吧,焚火吧。"

大家走到砂地去。

白桦的树皮虽是濡湿的,着火以后,就发出了油灯的油烟似的乌黑的烟,剥剥地燃起来。K君先从小枝烧起然后再烧大枝,不一会就烧光了。四周照得明亮亮的,映着前面小鸟岛的树林。

K君从船上把楢木的厚板拿来,为我们安置了坐歇的地方。

"只有对于虫,及不上在山里长大的人胆大。"S君说。

"真的。"K君说,"早有提防,倒不打紧,无意中瞧见,就吓得厉害。"

"山里还有别的可怕的东西吗?"

"没有什么。"

"大蛇有没有?"

"没有。"

"蝮蛇呢?"我问。

"走下箕轮那边去,常常看见,山上一次也没有见过。"

"以前山上有豺狗吧。"S君说。

"我在小孩的时候,常听着豺狗的叫声。半夜里听着在远处叫,现在还记得那声音使人寂寞、讨厌。"

K君又谈他的亡父喜欢夜钓,有一夜被豺狗包围,不得已沿着海岸在水中走着回来。又谈这座山变成牧场的那年,看见马被豺狗吃得只剩一半。

"那一年,用炸药包在肉里,炸死了一豺狗,在一星期内便绝迹了。"K君又说。

我说四五日前,在地狱谷那边,看见小野兽的骷髅。K君说:"那定是笹熊吧。也许是被鹫鸟之类吃掉的,因为笹熊是软弱的兽。"

"这样说来,这山里别无什么可怕的东西了。"胆小的妻诘问K君。

K君答说:"太太!我见过大妖僧呢。"说时,笑起来了。

"我懂得的。"妻得意地说,"那是自己的影子映在雾里的原故吧。"妻清晨到鸟居岭去看云海时,有过这样的经验。

"不,不是的。"

K君又说,在小孩的时候,到前桥去,夜里归来,从黄昏时走了九里多路,在大松林里见过妖僧。又说,隔开三十多丈的前面,忽然有亮光,看见一丈多高的大黑影起立。后来才知道是一个背着笨重行李的人在路旁休息。那人一边走路一边吸烟,所以在行李的前头,一根一根擦着火柴。

"所谓希奇古怪,大约就是这一类了。"S君说。

"我想不可思议的事,也是有的。"妻说,"这种不可思议的事虽不可知,可是如梦兆一类的事,我以为是有的。"

"这又当别论。"S君说。他像忽然记起什么似的,"呀,K君!去年降雪时你受困的事,也是这种不可思议吧。你还没有听过吧。"说完,他看着我。

"没有听过。"

"那事真的奇怪呢。"K君也说。

就是这么一回事。

去年山里的雪积到两三尺厚的时候,K君接着住在东京的姐姐病危的消息,他就匆忙地下山去了。

可是他的姐姐的病,并不如预料得那么坏。他住了三夜就回来了。他走到水沼时大约是三点钟,他本来打算第二天再上山,可是只有十多里路，又不想在那里过夜。于是 K 君变更了预定的主意，如果上不了山，便到山下去投宿，他离开水沼了。

正当黄昏时，他走近了二牌坊，身体和心里都不觉得疲劳，并且有月亮，K 君决定上山了。可是上山时雪渐渐积厚，比他下山时要加厚一倍。如果路上有人走过，厚雪的表面是会凝固的，走在上面，不至于怎样困难。可是那里全没有行人，所以柔软的雪，埋到腰际。并且到处是雪，路在什么地方也分辨不出。K 君虽然自幼在山中长大，一切都弄惯，可是他也受困了。

在明月下，看见牌坊岭近在眼前。夏天岭上有蓊郁的树林，冬天树叶脱落，所以看去山顶很近。加以雪映，距离更近了。K 君不想折回，所以像蚂蚁似的爬山，可是手都摸得到的距离，真不容易爬。如果要折回，不迷途还好，不然也是一样的困难。他仰着头看看岭上，就在眼前呀。

K 君鼓着气一点一点爬上去，别无什么恐怖与不安。不过忽然觉得心里有点迷糊。

"事后想起来，真的危险。死在雪里的人，大概就这样睡倒，睡倒就死了。"

他虽然知道这样的危险，可是在那个时候他一点也不觉得什么不安。他依然鼓起劲爬。总之，他的身体好，雪也是弄惯了的。后来过了两个钟头，好容易爬到岭上。

雪的深厚更厉害了。可是从此就要下岭去，下岭去就是平地。他看一看表，已经一点多了。

远远地看见两只提灯,在这个时辰,K君觉得奇怪,不过在孤零零一人的地方,会遇着别人,即使来去的路不同,也是快活的。K君又打起精神,向山下走去。来到了觉满渊的近旁,和前面来的人相会。来人非别,就是U君,他是K君的义兄,还有宿在K君家中的凿冰的长工,一共三个。U君说:"回来了哪,吃了苦吧?"

K君问:"这个时辰,你们到那里去?"U君毫不惊异似的答说:"刚才你的母亲把我们从床上叫起来迎接你哪。"K君听说,不禁悚然了。

"那天我全没有通知家里说要回来。后来问过母亲,才知道那晚上她抱着米哥儿(K君的大儿子)睡觉,她并没有睡着,忽然把U君叫起来,她说K回来了,你去接他。说是K君在叫喊她,说得清清楚楚。U君也不觉得诧异,就叫醒长工,叫他预备。我仔细问母亲,知道这时就是我在山上筋疲力倦,心里迷糊的时候。住在山里的人睡得很早,七八点钟就睡了,那时正是大家熟睡的时候。母亲把四个人叫醒,差他们出门,可见那时母亲很清楚地听着了什么。"

"K君,你叫喊过吗?"我的妻子问K君。

"没有。在岭的那面无论怎样叫喊也听不见。"

"是呀。"妻说。她的眼里含着泪了。

"母亲单是感觉到什么,她不会在半夜里叫醒大家,差他们到深与腰齐的大雪地去。比如裹腿布缠得不好,在路上散开来,就会冻得同一根棒一样,用力也裹不起来。所以出发前的准备,是很麻烦的。在准备的时候,大约要二十分钟。这其间,母亲毫不疑惑地在做饭团,或是烧火。"K君说。

如果知道K君和他母亲亲爱的情形,那么,这一个故事更能使人深深地感动。K君的亡父被人叫做易卜生,详细的情形可不知道,大约是相貌和易卜生一样。他父亲的为人并不怎样坏,可是做一个丈夫就太不行。听说他平时和一个年青的小老婆住在前桥,到了夏天,他带她到山里来,把山里的家中的收入卷走了。K君对于他父亲的这种行为,心里感着不快,常常发生冲突。因为这事,使K君更孝顺他的母亲,母亲愈加慈爱K君。

小鸟岛那边的枭鸟早就在叫了,叫的声音是Gcrosuke,隔了一会,又Hoko、Hoko地叫着。

焚火也渐渐熄下去了。K君取出表来看。

"几点钟了?"

"十一点过了。"

"回去吧。"妻说。

K君用力把燃剩的木材,远远地抛在湖里。那木材放出红色的火花,飞到湖上,映在水面,水里好像也有散着红色火花的木材在跳跃。一上一下,描成相同的弧线,弧线在水面接触时,听着"赤"的一声便消失了。四围黑暗了。大家觉得有趣,都把木材抛在湖里。K君巧妙地用桨拨起湖水,把留在地上的余烬淋熄了。

坐上船,采蕨人的焚火也熄了。船弯过小鸟岛,朝着庙宇的树林那边,静寂地划去。枭鸟的声音渐渐听不见了。

(1920年原作)

人名索引

阿部矶雄 203

爱略特 64／艾略特

芭蕉 26、102、103／松尾芭蕉

薄田泣堇 77、79

柴霍夫 173／契科夫

岛崎藤村 92

葛西善藏 34、37

宫岛新三郎 16、61、175

谷崎精二 37

广津和郎 37

赫胥黎 64

济慈 79

加藤武雄 18、90、109、127、128

芥川龙之介 80、82、85、88、101、133

近松秋江 26

菊池宽 163、167

麻生久 38、46

麦勒底斯(Meredith) 64、67/梅瑞狄斯

梅利麦 173/梅里美

木下尚 203

内村镒三 203

尼尔克 173/里尔克

片山潜 203

森欧外 173

汤麦司·哈代(Thomas Hardy) 61/托马斯·哈代

惟耳巴孚 64/威尔伯福斯

魏特 173/维尔特

武者小路实笃 145、163

夏目漱石 69、73

雪莱 79

野坡 27/志田野坡

正宗白鸟 37

志贺直哉 3、94、167、172、180、186、265、275

中村武罗夫 37

佐藤春夫 51、60